# 커서 마스터
**Cursor Master**

# 커서 마스터 5
**Cursor Master**

**초판 1쇄 인쇄일** 2017년 9월 11일 | **초판 1쇄 발행일** 2017년 9월 14일

**지은이** 장성필 | **펴낸이** 곽동현 | **담당편집 팀장** 이범수
**편집부** 신연제 김예리 이윤아 홍현주 김유진 조서영 임소담 정요한 김미경

펴낸곳 (주) 조은세상 | 출판등록 제 2002-23호
주소  경기도 연천군 미산면 청정로 1355
TEL 편집부  02)587-2966 | FAX  02)587-2922
e-mail  bukdu@comics21c.co.kr

장성필 ⓒ 2017
ISBN 979-11-6171-248-2 | ISBN 979-11-6171-008-2(set) | 값 8,000원

장성필 현대판타지 장편소설

⑤

# 커서 마스터
## Cursor Master

북두
(주)좋은세상

# CONTENTS

# 커서 마스터
## Cursor Master

# 커서 마스터
## Cursor Master

1. 천사를 깨워라(2)

# 커서 마스터
## Cursor Master

### 1. 천사를 깨워라(2)

곧바로 네피림들이 거대한 바위를 들어 놈에게 던졌고, 그 뒤에 주술사형 드루이드들이 마법을 난사한다. 거기다 주코마저도 놈에게 저주를 걸었다.

그러나 그 모든 공격이 놈의 몸에 닿기도 전해 흩어지며 소멸해 버렸다.

불덩이의 몸이 용암에서 빠져나와 위로 떠오르더니 바닥에 내려섰다.

엄청난 열기가 주변을 장악해갔다.

그 때문에 소환수들이 뒤로 물러섰다.

유정상은 본능적으로 놈이 엄청나게 강하다는 사실을 알 수 있었다.

하지만 놈의 기운이 미묘하게 불균형하다.

'몸 안에 잠들어 있는 미르엘이라는 천사를 아직까지 제대로 흡수하지 못한 건가?'

문득 그런 생각을 했지만 이미 깨어났으니까 또 그건 아닐지도 모르겠다는 생각이 들었다.

이래저래 혼란스러운 상황이었다.

어쨌든 살리얀을 용암 속으로 던질 때 재물로 바쳐 깨운다던 놈이 바로 저놈이었던 것 같다.

그런데 어째서 제물도 없이 놈이 깨어난 걸까?

유정상이 고민하는 것을 눈치 챘는지 주코가 입을 열었다.

"주인, 아까부터 신경 쓰인 게 있었는데 말이야."

"……."

"놈들이 사체를 남기지 않고 소멸할 때 검은 연기가 용암 쪽으로 이동하는 것 같더라고."

그 말을 듣고 보니 유정상도 얼핏 비슷한 것을 느낀 것 같기도 했다. 하지만 별 거 아니라며 대수롭지 않게 여기고는 신경을 쓰지 않았었다.

"아마도 녀석이 자기 힘의 조각으로 만든 자크만들이 죽자 그와 동시에 회수된 그 에너지를 이용해 잠에서 깨어난 게 아닌가 싶어. 실제로 그런 능력을 가진 마족이 몇 있으니까 확실하진 않지만 아마 높은 확률로 그렇게 되었을 것 같다."

그제야 유정상은 제물도 없이 놈이 깨어난 정황을 이해할 수 있었다.

그렇다면 역시 몸속의 에너지가 불안정하다는 건 결국 미르엘이라는 천사를 제대로 흡수하지 못한 탓일지도 모른다.

이제 와서 생각해보니 급히 살리얀을 구한 것이 행운이었던 것 같았다.

정확히는 모르겠지만 상황을 보아하니, 아마도 유정상이 살리얀을 구하지 않아 제물로 바쳐졌다면 지금의 네르갈은 몸 안에 잠들어 있는 천사의 흡수에 성공해 훨씬 더 강한 완성형이 되어서 나타났을 것이다.

용암 불덩이가 흘러내리던 네르갈의 육체에서 점차 연기가 피어오르더니, 이내 온몸이 검은색 바위로 변해 갔다.

용암이 대기를 만나 순식간에 굳는 것 같은 현상.

그리고는 그 바위에 금이 가더니 곧 쩌저적 소리를 내며 갈라져 떨어진다.

잠시 후, 모든 고체가 떨어져 나간 곳에는 붉은색의 번들거리는 피부를 가진, 인간과 비슷한 외형의 괴생명체가 서 있었다.

대략 3미터 정도의 키에 얼굴은 해골을 닮아 있었다.

꽤나 흉측한 얼굴이라 유정상은 자신도 모르게 미간을 찡그렸다.

붉은색의 날카로운 칼이 양쪽 팔꿈치에 솟아나와 있는 것을 볼 때, 근접형 전투를 선호한다는 것을 파악할 수 있었다.

【크크크크크.】

놈의 스산한 웃음소리가 예리한 칼날처럼 전신을 베어오는 기분이다.

그런데 그때 갑자기 돌바닥을 내려치는 쇠망치 같은 소리가 크게 들렸다.

콰아아앙.

"……!"

"주, 주인!"

유정상 인근에 모여 있던 십여 명의 드루이드들이 순식간에 사라져 버렸다.

아니 정확하게는 그들이 있던 자리가 아래로 꺼져 버린 것이다. 마치 보이지 않는 거대한 망치가 그 자리를 내려친 것처럼. 그렇게 지면이 꺼지며 드루이드들이 바닥의 용암 속으로 사라져 버린 것이다.

아무런 징후도 없이 갑자기 일어난 일.

드루이드들은 그 충격으로 순식간에 소환 취소가 되었을 것이다.

"모두 흩어져!"

유정상이 소리 지르며 뒤쪽으로 몸을 날렸다.

그때 유정상을 향해 보이지 않는 강렬한 기운이 떨어져

내렸다.

감당하기 힘들 정도로 엄청난 기운을 느끼며 당황하는 찰나의 순간, 커서 방패가 생겨나며 그것을 막아냈다.

콰아앙.

커서 방패가 막아내기는 했지만 엄청난 파괴력에 빛이 깜박일 정도의 충격을 받았다.

단 한 방 만에 저만큼의 데미지를 입었다는 사실에 놀랄 틈도 없이, 다시 강력한 힘이 떨어져 내리는 기운을 느꼈다.

콰아앙.

커서 방패가 다시금 보이지 않는 공격을 막아냈다.

어떤 형태의 공격인지도 모른 채 이대로 방어에만 전전하다가는 단시간을 버텨내는 것도 어려울 것이다.

그때 주변으로 흩어졌던 소환수들이 일제히 공격에 들어갔다.

샤잉족들은 빠른 속도를 이용해 날아다니며 놈을 향해 깃털을 이용한 공격을 시작했다.

하얀 깃털이 빛을 뿜으며 네르갈을 향해 쏟아져 들어갔다.

하지만 놈이 양손을 대충 휘젓자, 깃털들은 불에 타 순식간에 사라져 버렸다.

마치 놈의 주변으로 화염의 방어막이 펼쳐진 것처럼 보였다.

그 사이 지면을 박차 오른 유정상이 폭격펀치를 발동시켰다.

콰가가가가가가가.

놈이 깜짝 놀라 양팔을 머리위로 감싸며 막아냈지만 내려치는 강력한 충격에 바닥이 움푹 패여 나갔다.

하지만 표면적으로 봐서는 데미지가 제대로 들어간 건 아니었다.

2차 공격.

콰가가가가가가.

놈은 조금 전과 동일한 자세로 막아내고 있었다.

그 사이 자이언트 웜이 소리를 지르며 놈을 덥석 삼켜 버린다.

놈이 움직이지 못하는 틈을 이용해 공격한 것이다.

그러나 아직 유정상의 폭격펀치가 시전되고 있던 상황이라 그 공격에 같이 휘말려 버렸다. 유정상이 따로 시키지 않았지만 본능적으로 가장 좋은 타이밍이라고 생각한 탓이다.

"끼이이이이!"

화르르륵.

그런데 그 순간 자이언트 웜의 몸이 순식간에 불타 버리더니 재가 되어 소멸해 버렸다.

그리고 그 자리에는 네르갈이 아무 일도 없었다는 듯이 당당히 모습을 드러냈다.

자이언트 웜 한 마리의 희생에도 불구하고 놈은 전혀 데미지를 입지 않은 것이다.

그리고 그 속에서 비릿한 웃음을 짓고 있는 네르갈의 시선이 유정상을 향하고 있었다.

뭐든 다 해보라는 듯이 여유가 넘치는 미소.

유정상의 전신이 떨려왔다.

두려움 때문이 아니었다.

포타와 이네크로부터 전해 받은 투사로서의 본능이 살아나며, 곧 있을 전투에 대한 기대감으로 흥분한 것이다.

유정상이 놈과 그렇게 대치하고 있는 순간에도 주변에서는 네르갈을 향한 공격이 쉴 틈 없이 가해지고 있었다.

특히나 네피림들과 자이언트 웜들은 그들의 거대한 몸을 이용한 육탄공격까지 시도했다.

그러나 놈의 주변에 형성된 불의 장막에 가로막히며 도리어 엄청난 데미지를 입거나 소멸해 버리고 있었다.

이어지는 요란한 마법 공격들 속에서도 남의 세계인 양 놈의 표정은 그저 평온하기만 할 뿐이었다.

【크크크크크크.】

듣는 것만으로도 짜증나는 놈의 웃음소리.

그 순간 유정상의 발이 천천히 움직이기 시작했다.

포타의 걸음 스킬이 발동되는 동시에 새로운 스킬이 그 걸음 속에 개입하고 있었다.

포타의 스승이자 무투술의 절대자 이네크의 걸음이 유정

상의 발을 통해서 세상에 다시금 그 모습을 드러내고 있었다.

[ '포타의 걸음' 스킬이 '이네크의 걸음' 으로 업그레이드 됩니다.]
[추가스킬 '이네크의 시선' 이 발동합니다.]

몸의 주변에서 휘몰아치던 에너지의 기운이 삽시간에 더욱 거대한 기세를 만들어내며 달라져 버렸다.

순식간에 벌어진 일이었지만 유정상은 그 변화가 당연하다는 듯이 자연스럽게 받아들였다.

그리고 곧바로 놈에 대한 소환수들의 공격을 멈추고, 그들을 물러서게 했다.

팟.

유정상의 몸이 놈을 향해 쏘아져 나갔다.

놈이 움찔하더니 손을 뻗어 유정상을 향해 화염덩어리 하나를 던졌다.

그러나 순식간에 나타난 커서 방패에 의해 공격은 무위로 돌아갔다.

유정상이 근처에 다다르자 네르갈은 자신의 팔꿈치에 달려 있는 거대한 붉은 칼을 휘둘렀다.

챙.

그것마저 황금검으로 변한 커서가 쳐 낸 순간 놈에게

빈틈이 생겼다.

콰가가가가가.

유정상의 주먹기파가 놈의 옆구리에 연속으로 작렬했다.

네르갈의 표정이 삽시간에 일그러지는가 싶더니 옆구리에 가해지는 충격을 더 이상 견디지 못하고 튕겨져 나갔다.

하지만 유정상은 잠시의 틈도 주지 않고 놈을 따라붙으며 강력한 주먹을 날렸고, 그와 동시에 황금검도 공격을 시작했다.

여유로움을 보이던 네르갈은 어느새 유정상의 기파를 팔로 막아냄과 동시에 허점을 파고드는 황금검마저 상대해야 하는 상황에 봉착해 방어에 전념할 수밖에 없었다.

콰가가가가가.

번쩍. 번쩍.

슈캉.

유정상의 예상외 공격에 놀란 네르갈이 이를 드러내며 포효했다.

그 소리와 함께 주변을 장악하며 퍼져나가는 강력한 힘이 느껴졌다.

전투에 도움이 되지 않는 소환수들은 스스로 자신의 몸을 보호하며 그 힘이 미치지 않는 곳까지 빠르게 물러났다.

그런데 물러나는 소환수들의 틈에서 전투의 상황을 지켜

보던 살리얀의 표정이 좋지 않았다.

어찌된 일인지 엄청난 기세로 네르갈을 밀어붙이는 유정상을 바라보며 당황한 기색이 역력했다.

유정상의 싸움에 집중하던 주코가 바로 옆에서 누군가가 안절부절못하는 기색을 느끼고 슬쩍 고개를 돌리자 잔뜩 찌푸린 살리얀의 얼굴이 눈에 들어왔다.

주코는 살리얀의 반응에서 이상함을 느낀 탓에 고개를 갸웃거렸다.

"야. 왜 그래?"

아무래도 심상치 않다는 걸 느낀 주코가 그렇게 물었지만 살리얀은 대꾸하지 않고 그저 격렬하게 이어지는 전투를 숨죽인 채 바라보고만 있었다.

콰아앙.

【크아아아아!】

유정상의 한 방에 몸이 튕겨져 나간 네르갈.

놈의 해골 같은 안면은 꽤나 부서진 상태로 잔뜩 일그러져 있었다.

그리고는 알 수 없는 마계의 언어로 흥분해서 소리쳤지만 유정상은 '뉘 집 개가 짖나?'라는 표정으로 놈에게 다시 공격해 들어갔다.

어차피 무슨 욕을 하든지 전혀 알아듣지도 못했으니 당연한 반응이었지만 말이다.

콰가가가가강.

폭격펀치가 다시 한 번 놈의 머리에 작렬하자 그 타격력을 제대로 버티지 못하고 땅으로 파고든다.

연속된 공격으로 데미지가 누적되자 방어력이 많이 약해진 탓이다.

"끝장을 보자!"

유정상이 에너지를 잔뜩 끌어 모으자 던전 전체가 흔들렸다.

이네크의 힘이 발휘되기 시작하니 주변에까지 영향을 끼쳤다.

그리고 강력한 기파를 형성시키던 그 때였다.

"안 돼요!"

소환수들 사이에서 큰소리가 들리더니 곧바로 작은 하얀 새 한 녀석이 튀어나와 유정상의 앞을 가로막았다.

녀석은 살리얀이었다.

"……!"

"이러면 안 된다고요!"

유정상이 살리얀으로 인해 머뭇거렸다.

살리얀의 뒤를 쫓아온 주코가 황당한 표정으로 거칠게 소리쳤다.

"야, 이 미친 노예 새끼야! 비켜!"

"싫어!"

하지만 살리얀은 아랑곳하지 않고 유정상을 가로막고 서서는 소리쳤다.

"이렇게 놈을 죽여 버리면 미르엘님도 같이 죽어 버린단 말이에요!"

그제야 유정상도 살리얀 녀석이 자신을 가로막은 이유를 알 것 같았다.

하지만 저렇게 무지막지하게 강한 녀석을 어떻게 살려둔 채로 제압할 수 있다는 말인가?

결국 유정상 나름대로 내린 결론은 위험한 저 녀석을 먼저 죽인 후에 미르엘을 깨울 방법이 있는지 모색하자는 것이었다.

물론 이 방법이 성공할 것이라는 확신도 없었다. 하지만 그렇다고 두 손 놓고 지켜보고 있을 수만은 없었고 이보다 나은 계획이 떠오르지 않았기에, 일단 놈부터 쓰러뜨리고 보자는 궁여지책이었다.

미션의 실패로 받게 될 패널티보다 자신의 안전이 더 중요했기 때문이었다.

하지만 이렇게 살리얀이 유정상의 앞을 막을 거라고는 전혀 예상하지 못했다.

유정상은 네르갈을 죽일 절호의 기회를 놓칠 수도 있다는 생각에 분노한 음성으로 샬리안을 다그치며 말했다.

"비켜라!"

"안 돼요! 못 비켜요!"

"비키라니까!"

"안……."

그때 갑자기 뭔가가 살리얀의 몸을 칭칭 감더니 빠르게 끌고 가 버렸다.

"꺄아아악!"

특유의 비명소리와 함께 살리얀의 몸이 네르갈 쪽으로 빠르게 끌려갔다.

아차 싶은 생각에 유정상이 빠르게 놈에게 달려들었지만 놈에게서 강력한 파장이 뿜어지며 유정상을 튕겨냈다.

"크윽!"

거의 빈사상태에 가까웠던 놈이 이전의 기운을 되찾은 모습을 바라보며 유정상은 놈의 회복력에 놀라움을 감출 수 없었다.

그러기도 잠시, 정신을 차린 유정상이 곧바로 녀석을 향해 황금검을 날렸다.

하지만 황금검은 파장의 벽에 가로막혀 허공에서 부르르 떨고만 있었다.

"제기랄!"

유정상이 이를 악물며 놈이 있는 쪽으로 빠르게 달려들었다.

그리고 강력한 기파를 날려 황금검이 박혀 있는 파장을 두들겼다.

마치 못을 박아놓고 망치로 두들기는 형상이었다.

그러자 황금검 주위로 강력한 빛이 사방으로 퍼지며 놈의 파장이 부서져 나갔다.

콰아앙.

그러나 살리얀은 이미 네르갈의 몸속으로 빨려 들어가고 있었다.

유정상이 그것을 막기에는 이미 늦어 버린 것이다.

그리고 살리얀의 모습이 놈의 몸속으로 완전히 흡수되자 네르갈이 눈을 번쩍 떴다.

유정상이 분노한 표정으로 폭격펀치를 시전하자 놈의 머리에 엄청난 에너지의 폭격이 떨어져 내렸다.

콰가가가가가가가.

그러나 놈은 손을 들어 그 힘을 완전히 와해시켜 버렸다.

그것도 너무나 가볍게.

그리고 놈의 등에서 검은 깃털이 달린 날개가 솟아나기 시작했고 얼굴도 서서히 인간의 모습으로 변해 갔다.

해골 같이 흉측했던 얼굴이 핏기는 없지만 세련되고 유려한 얼굴선에 오뚝한 콧날을 지닌 미남으로 변모했다.

창백한 피부에 밝은 갈색의 긴 머리칼.

검은 날개에 검은 옷.

어둠의 천사라는 표현이 딱 어울릴 것 같은 외모였다.

놈의 붉은 눈동자가 유정상을 응시했다.

그리고 놈이 곧 미소를 지어보였다.

"놀랍군. 인간."

유정상이 눈이 커졌다.

네르갈이 인간의 언어를 사용하고 있었지만 유정상은 그것보다 놈의 변화가 더 놀라웠다.

순식간에 분위기와 기세 등 모든 것이 변해 버렸기 때문이었다.

날카롭던 기세가 온화하면서도 유정상을 압박하는 기묘한 느낌으로 변한 것이다.

"이렇게까지 강한 인간이 있을 거라고는 전혀 예상하지 못했다. 휴우. 하마터면 당할 뻔했어."

놈이 과장스런 행동으로 어깨를 으쓱해 보인다.

"……."

"하지만 그 강함이 마음에 들어."

푸근한 미소를 보내는 네르갈.

보통의 여자가 봤다면 정신을 빼 놓을 정도로 매혹적인 미소를 지니고 있었다.

"미르엘을 완전히 흡수한 건가?"

유정상의 말에 살짝 놀란 표정을 지어보이더니 이내 피식 웃어보였다.

"이거, 이거……. 놀라움의 연속이네. 그런 건 또 어떻게 안 거지?"

그렇게 말하며 유정상의 주위를 한번 쓰윽 훑어보더니 숨어 있는 주코 쪽을 보고는 이내 알겠다는 듯 머리를 끄덕였다.

"후후. 그래. 쥐새끼가 끼어 있었군."

자신을 바라보는 그의 눈빛에 주코가 흠칫 놀랐다. 하지만 그렇게 주눅이 든 모습은 아니라는 것에 네르갈이 흥미롭다는 듯 피식거린다.

"놀라워, 저런 노예 쓰레기가 이렇게까지 성장하다니. 과연 놀라운 인간이군. 흥미로워."

그렇게 말하며 유정상을 다시 바라보았다.

잠시 그 시선을 마주하던 유정상이 녀석에게 다가갔다.

갑자기 다가오는 유정상의 행동이 의아한지 고개를 살짝 갸웃거리는 네르갈.

하지만 별다른 위기감을 느끼지는 못하는지 접근을 그냥 허용했다.

그렇게 다가간 유정상이 순식간에 인벤토리를 열어 보조 커서로 전사의 영역 깃발을 바닥에 꽂아 버렸다.

콱.

"······?"

네르갈이 이상하다는 듯 유정상이 꽂은 깃발을 바라본다.

그런데 주변에 생겨나는 보이지 않는 장벽이 그에게 느껴졌다.

"호오. 재미난 물건을 가지고 있었군. 하지만 이건 너무 좁지 않을까?"

그렇게 말함과 동시에 놈의 손이 번쩍 빛나는가 싶더니 그것을 곧바로 군주의 깃발에 던졌다.

그러자 그것이 군주의 깃발에 부딪치고는 빛을 흩뿌렸다.

그그그그그.

투명장막이 울리기 시작했다.

그리고 동시에 그들을 감싸고 있던 장막이 밀려나 버렸다. 원래 반경 20미터였던 영역이 200미터로 늘어나 버린 것이다.

그 때문에 근처에 있던 몇몇 소환수들은 그 투명 장막에 밀려 튕겨나가 버렸다.

"이런. 생각보다 그 깃발의 힘이 강하군. 하지만 뭐, 이 정도로 만족해야겠지."

네르갈은 강한 힘으로 장막을 완전히 폭발시키려 했지만 그것을 깃발이 버텨낸 것이다. 물론 힘에 밀려 영역이 커지긴 했지만 말이다.

그 어떤 충격도 견뎌내던 장막을 마치 풍선처럼 부풀려 버리는 놈의 힘에 소름이 끼쳤다.

하지만 블랙로브 특유의 성향이 유정상을 여전히 냉정하도록 만들고 있었다.

"그나저나 재미있는 놈이군. 이딴 벽을 만들어 어쩌겠다는 거지? 설마 너 혼자만 죽겠다는 건 아닐 테고."

"……."

"알고 있을지 모르겠지만 이 정도로는 날 옭아맬 수 없지."

"……."

"이런, 입이 너무 무거운 거 아닌가? 아니면 설마…… 내가 너무 두려워서 입이 떨어지지 않는 건가?"

간사한 얼굴로 킥킥거리며 웃는 네르갈.

그럼에도 아무런 움직임도 없이 그저 놈을 바라보고 있는 유정상.

로브 속 검은 어둠 때문에 얼굴이 보이지 않으니 녀석도 유정상의 심리를 쉽게 판단하기 어려웠다.

너무 당당한 저 모습이 네르갈은 마음에 들지 않았다.

하지만 압도적인 자신감으로 입은 여전히 웃고 있다.

그때 공중에 떠 있던 황금검이 놈을 향해 칼끝을 겨누고 있는 상태를 유지하다 곧바로 놈에게 뻗어나갔다.

그와 동시에 유정상도 네르갈을 향해 달리기 시작했다.

쏴아아아아.

강렬한 파공성을 뿌리며 자신에게 날아드는 황금검을 바라보는 네르갈이 피식 웃었다.

그리고는 손을 살짝 들어 올리자 황금검이 공중에서 우뚝 멈추었다.

그런 상황에도 불구하고 유정상이 놈에게 달려들어 주먹기파를 뿌렸다.

콰가가강.

하지만 놈이 손을 휘적거리자 강렬한 에너지가 폭발하면

서 그마저도 허공에서 흩어져 버렸다.

다시 이어진 폭격펀치.

위에서 쏟아지는 강렬한 에너지 파들.

콰가가가가가가가.

그러나 네르갈은 다시금 손을 들어서 휘젓는 행동으로 모두 걷어내 버린다.

하지만 그것은 단지 시작일 뿐이었다.

쾅.

이네크의 걸음으로 바닥을 강하게 디디며 내지른 정권파동.

네르갈마저 움찔하게 만드는 파장이 한순간 이 지역을 장악했다.

포타의 주먹이 이네크의 주먹으로 바뀌며 그 파괴력이 엄청나게 강해져 있었다.

콰아아아.

강렬한 에너지가 주변의 공기를 빨아들이며 모든 것을 소멸시킬 것 같은 폭풍을 만들어 놈에게 달려들었다.

그러자 네르갈의 눈이 커다랗게 변하더니 재빨리 검은 날개로 자신의 몸을 감싸고 두터운 검은색의 장막을 만들었다.

쿠아아아아아앙!

강렬한 에너지파와 장막이 충돌하며 거대한 폭발을 일으켰다.

그 반발력에 의해 강력한 풍압이 발생했지만 유정상의 블랙로브는 약간만 펄럭거릴 뿐이다.

이네크의 힘이 유정상의 몸에 생성되며 자신도 모르는 사이 다양한 능력들이 생겨나고 있다는 걸 느끼고 있었다.

방금도 전사의 영역을 만든 이유가 그것에 대한 자신감 때문이었다. 물론 근처에 있던 소환수나 샤잉족들은 살리얀의 경우처럼 신경만 쓰일 뿐이고 놈과의 싸움에서 전혀 도움이 되지 않는다는 이유도 포함되어 있었다.

유정상의 공격을 받은 네르갈의 몸에서 연기가 걷힌다.

방어를 위해 만들어낸 검은 장막은 군데군데 찢겨져 있었고, 놈의 검은 날개도 충격 때문에 깃털이 제법 빠져 있었다.

하지만 유정상도 갑자기 사용해버린 강력한 힘 때문에 몸 안의 마나가 대부분 고갈되었고, 근육도 그 충격으로 얼얼한 상태였다.

마음 같아선 다음 공격을 이었어야 할 테지만, 역시 지금의 유정상으로서는 이네크의 힘을 온전히 사용하기에 무리가 있었다.

그때 놈의 몸을 감싸고 있던 날개가 다시 원래대로 돌아가며 모습을 드러냈다.

곱상한 얼굴에는 상처가 나 있었고, 몸이 살짝 경련을 일으키고 있는 모습도 유정상의 눈에 들어온다.

"굉장하군. 놀라워. 어떻게 인간이 이런 힘을 갖게 된 거지? 앙테크리스트가 인간에게 당했다는 이야기를 들었을 땐 놈이 헛소리를 한다고 생각했는데, 정말 이런 인간이 존재하다니…… 인간이라는 종족의 한계가 놀라울 따름이야."

한쪽 입꼬리를 끌어올린 채 여유 있는 척하며 이야기하고 있었지만, 충격이 적지 않다는 건 분명했다.

유정상은 아직 몸이 제대로 회복된 것은 아니지만 놈에게 여유를 주지 않기 위해 곧바로 황금검을 네르갈에게 날렸다.

휘이이이익.

팅.

놈은 다급히 손을 뻗어서 검은 파장을 만들더니 황금검의 움직임을 봉쇄시켰다.

대화를 나누는 척 하며 피해를 복구시키려 했는데, 유정상의 공격이 쉴 틈도 없이 이어지자 당황한 것이다.

이어서 네르갈은 인상을 잔뜩 일그러뜨리더니 검은 날개를 앞으로 뻗었다.

그리고 수많은 깃털이 붉게 빛나며 유정상을 향해 날아들었다.

그러자 황금검이 사라지며 다시 방패로 변해 그 깃털들을 막아내기 시작했다.

투투투투투투투.

바람보다 빠른 깃털이 유정상을 향해 날아들었지만, 방패가 순간이동에 가까운 속도로 움직이며 모든 공격을 막아 냈다.

커서 방패는 강한 일격보다 비교적 약한 다수의 공격을 막는 데 더 특화되어 있었다.

유정상은 방패의 능력을 믿으며 놈에게 천천히 걸어갔다.

투투투투투투투.

여전히 날아드는 검은 깃털의 공격.

그러나 단 한 개의 깃털도 방패의 방어를 뚫지 못했다.

방패가 생각 이상으로 모든 방위의 공격을 완벽하게 막아 내자 놈이 눈을 부릅떴다.

"어, 어떻게?"

믿기 힘들다는 얼굴로 눈을 크게 뜨며 더듬거리는 네르갈.

그를 보면서 유정상이 싸늘한 음성으로 말했다.

"내가 이 영역을 만든 건 나 혼자만 죽겠다는 뜻이 아니라……."

"……."

"너 혼자만 완전히 아작을 내겠다는 뜻이야."

"뭐야! 건방진 놈!"

흥분한 네르갈이 자신의 팔꿈치에 붙어 있는 칼을 더욱 길게 늘이더니 유정상을 향해 빠르게 달려들었다.

그리고 곧바로 팔꿈치의 검을 휘둘렀다.

챙.

황금검이 그것을 받아내더니 오히려 네르갈을 향해 예리한 공격을 날리기 시작했다.

빈틈을 찌르는 절묘한 움직임이었다.

처음엔 만만하게 봤던 황금검의 움직임이 어째선지 잠깐 사이에 더 날카로워졌다.

그 때문에 놈은 더 이상 여유를 가장하지 못하고 표정도 사정없이 일그러졌다.

설마 자신이 처음부터 농락을 당하고 있었던 것은 아닌가 하고 생각하니 혼란스럽기도 하고 짜증이 밀려들기도 했다.

하지만 그런 상황에서도 자존심은 버리지 못해서 입으로는 여전히 상대를 무시하는 말을 했다.

"건방진 놈!"

감정이 없는 황금검은 이미 멘탈이 흔들리기 시작한 네르갈을 계속해서 몰아붙이고 있었다.

황금검도 어느덧 유정상의 스킬을 이어받아 우타슈의 검술을 펼치기 시작한 것이다.

데스나이트 우타슈의 검술이 거의 완벽하게 재연되고 있다는 건 유정상도 어렴풋이나마 알 수 있었다. 자신의 의지, 스킬 모든 것이 검에 깃들어 있었으니 당연한 일이다.

그렇게 우타슈의 검술로 네르갈을 완벽히 차단한 상태에서 유정상이 끝장을 보기위해 움직이려하자 놈이 곧바로 몸을 공중으로 날렸다.

그리고 이곳에서 탈출하기 위해 자신의 팔꿈치에 솟아 있는 검으로 보이지 않는 전사의 영역의 경계막을 베어 버렸다.

차아아앙!

순간 막의 일부가 부서지자 놈은 그 틈을 비집고 이곳을 벗어나려 했다.

그때.

콰가가가가가가가.

다시 놈의 머리 위로 쏟아진 폭격펀치.

큰 데미지를 줄 정도는 아니었지만 찰나의 순간 놈의 발목을 잡기에는 충분했다.

그리고 놈이 다시 정신을 차려서 그곳을 벗어나려 하던 순간 어느새 유정상의 몸이 네르갈 앞에 나타나 있었다.

비행 능력이 없을 거라고 생각한 인간이 갑자기 눈앞에 나타나자 당황한 나머지 빠른 대처를 하지 못하고 잠깐 주춤거렸다. 그런 놈의 빈틈을 노려 다시 이네크의 일격이 작렬했다.

퍼어어억!

"크아아악!"

어느새 놈의 얼굴이 엉망으로 변해 버렸다.

처음의 그 귀족 같던 모습은 온데간데없고 그저 떡이 되어 버린 불쌍한 네르갈이 처절한 목소리로 비명을 지른다.

그리고 한계를 벗어난 충격에 잠깐 정신을 잃은 놈이 바닥에 사정없이 처박혔다.

쿵.

유정상은 놈의 위로 떨어져 내리며 다시 주먹기파를 연속으로 날렸다.

콰가가가가가.

"크아아아아아아악!"

네르갈은 정신없이 떨어지는 기파의 공격에 처절한 비명을 질렀다.

그와 동시에 놈의 날개에서 깃털이 떨어져 주변에 흩날리기 시작했다.

그리고 그것들이 순간 불꽃이 되며 산화된다.

네르갈의 눈동자를 보니 이미 정신을 잃었는지 살짝 맛이 간 상태였다.

그때 놈의 뱃속에 살짝 스쳐지나가는 듯 보이는 하얀색의 형체.

찰나의 순간, 그것을 확인한 유정상이 바닥에 착지하자마자 본능적으로 황금검을 취소해 커서로 만들어 놈의 몸쪽으로 보냈다.

그리고 커서를 놈의 몸속에 비치는 그림자 앞에 놓자 뭔가 감각에 걸렸다. 그래서 곧바로 커서로 그것을 붙들었다.

'잡힌다.'

그렇게 느끼자마자 유정상은 빠르게 잡아 당겼다.

순간 커서가 네르갈의 몸속에 스며들어갔다가 곧 튀어나온다.

꿀렁.

푸슉.

놈의 몸 밖으로 하얀색의 물체를 조금씩 끌어 당겼다.

그리고 서서히 드러나는 형체.

설마 하던 존재가 결국 모습을 드러냈다.

네르갈의 몸속에 끌려들어갔던 살리얀이었다.

그리고 종류를 알 수 없는 액체에 잔뜩 젖어 있는 살리얀이 커서에 의해 놈의 몸에서 빠져 나왔다.

그 때문일까. 고통에 놈의 몸이 뒤틀린다.

"끄아아아아아아!"

네르갈은 정신을 잃은 상태에서도 고통에 찬 비명을 지르며 다시 붉은 피부의 해골 얼굴로 변해갔다.

유정상은 이어서 놈의 몸 안으로 다시 커서를 집어넣었다.

커서에 이런 기능이 있다는 것을 인지하고 행동한 것은 아니었다. 단지 본능적으로 그래야 할 것 같다는 느낌에 반사적으로 옮겨진 행동이었다.

결국 유정상의 본능이 살리얀을 구하고, 커서의 새로운 능력을 깨닫는 결과를 이끌어 낸 것이었다.

이어서 네르갈의 몸 안으로 들어간 커서를 통해서 뭔가가 잡히는 느낌이 왔다.

이 상황에서 뭔가가 잡혔다면 의심할 필요도 없다는 생각에 유정상은 그것을 느끼자마자 있는 힘껏 잡아 당겼다.

쑤욱 뽑혀 나오는 하얀 물체.

살리얀에 비해 커다란 몸이다.

콰아아아.

"끄아아아아아아!"

또다시 네르갈의 비명이 허공에 울려 퍼졌다.

하지만 비명을 지를 힘마저 소진했는지 마지막에는 그 소리가 잦아들었다.

그 모습만으로도 네르갈의 힘이 다했음이 느껴졌다.

털썩.

'천사인가?'

놈의 몸속에서 튀어나온 것은 하얀 날개를 가진 금발의 여자였다.

예상과 달리 관능적인 몸매에 보드라운 느낌의 흰색 옷감, 딱 붙는 신비로운 느낌의 옷을 입고 있었다.

하지만 살리얀과는 달리 젖어 있는 모습이 아니었다.

아마 저 몸매와 옷에 젖어 있기까지 했다면 유정상은 이성을 유지하기 힘들었을 것 같았다.

재빨리 유정상이 클린볼을 꺼내 살리얀과 천사의 몸에 떨어뜨렸다.

그런데 살리얀의 경우엔 클린볼이 스며들었지만 천사는 클린볼을 튕겨내 버렸다.

어쩔 수 없이 유정상은 살리얀만이라도 살려야겠다는 생각으로 붉은 포션까지 사용했다.

그런데 분명 살리얀은 포션까지 흡수했음에도 별다른 반응이 없다.

상태창도 확인되지 않는 걸로 봐서는 아마도 살리얀 역시 살아 있는 게 아닌 것 같았다.

"젠장."

유정상의 표정이 일그러졌다.

미션의 실패 따윈 어쩔 수 없었지만 그래도 살리얀은 살리고 싶었던 것이다.

소환수로 임시 등록을 했지만 진짜 소환수가 아니라서 죽어도 다시 살아나는 것을 기대할 수는 없었다.

뭔가 아쉬움에 한숨을 쉬었다.

그런데 그때 전사의 영역이 걷히면서 샤잉족 무리가 쓰러져 있는 살리얀에게 다가왔다.

주코와 백정도 유정상의 곁으로 왔는데 모두들 샤잉족이 뭘 하려는 것인지 알 수 없어 그저 무표정하게 바라보고만 있었다.

그런데 그때였다.

샤잉족들의 날개에서 깃털이 하나씩 뽑혀 모여들더니 공중으로 두둥실 떠오른다.

그리고 그 깃털들이 허공에서 모여들더니 쓰러져 있는 살리얀에게 떨어져 내린다.

마치 새하얀 함박눈이 내리는 것처럼 아름다운 모습.

그리고 곧이어 그 깃털들에서 빛이 뿜어지더니 덩달아 살리얀의 몸에서도 빛이 어렸다.

푸쉬쉬.

살리얀의 몸에서 마치 무지개와 같은 빛이 생겨났다.

그리고 젖은 몸의 표면에 그 빛이 어리자 어찌된 일인지 겉의 물기가 살리얀의 몸 안으로 스며들어가는 것처럼 보였다.

그리고 그것과 동시에 살리얀을 감싸던 빛이 사라졌다.

순간 벌어진 상황에 어리둥절한 표정으로 살리얀을 바라보는 유정상.

어쩌면 하는 기대와 함께 살리얀을 응시했다.

"끄응."

그 순간 살리얀의 입에서 짧은 신음소리가 흘러나왔다.

그리고 이어서 살리얀 특유의 밝은 광채가 몸 전체에 흐르더니 그 빛은 자연스럽게 곁에 쓰러져 있던 천사에게 옮겨갔다.

빛은 한동안 천사의 몸에 머물다가 그 안으로 스며들어가 버렸다.

그리고 잠시 후 천사의 손가락이 까닥거렸다.

살리얀이 부스스 깨어나며 몸을 일으켰다.

그리고 이어서 곁에 있던 천사도 같이 몸을 일으킨다.

그리고 거의 동시에 눈을 뜨더니 사방을 살피다 서로 눈이 마주쳤다.

"어?"

"응?"

잠시 서로를 바라보다 이내 소리를 지른다.

"꺄아아악! 살리야안!"

"미르엘님."

어울리지 않게도 미르엘이라는 천사는 반가움에 소리를 질렀고, 살리얀은 의외로 차분해 보인다.

그 모습에 주코가 고개를 갸웃거린다.

"뭔가 반대의 느낌인데."

유정상도 주코의 말에 동감했다.

호들갑스러운 천사와 차분한 느낌은 노예.

아니 도우미……. 뭐가 되었건 확실히 처음 느낌과는 다른 분위기다.

"역시 날 구해주었구나아아!"

눈가에 눈물방울을 매단 채 살리얀을 덥석 안는 천사.

천사답지 않게 느껴질 정도로 과격한 감정표현법이었다.

"미르엘님! 품위를 지키세요!"

"앙. 몰라, 몰라. 지금은 그냥 이러고 싶어."

"미르엘님!"

그 모습을 보던 유정상이 머리를 긁적인다.

"저렇게 보니 노예라기보다는 잔소리꾼 가정교사에 가까운 느낌이군."

"끄응. 분하지만 미투다. 주인."

쿨하게 인정하는 주코를 왠지 의외라는 표정으로 돌아보는 유정상.

그런데 주코의 얼굴이 뭔가 부러운 광경을 보고 있는 듯 보인다.

그리고 혼자서 피식 웃더니 유정상쪽으로 돌아보다 눈이 마주치자 크음 하는 헛기침을 날리고 얼른 시선을 돌린다.

'이놈 왜 이래?'

그렇게 생각한 유정상이 어깨를 한번 으쓱하고는 다시 호들갑스러운 존재들을 바라보았다.

그런데 그사이 무슨 대화가 오갔는지 일어선 채 살짝 감격한 표정으로 유정상을 바라보는 미르엘.

그녀가 유정상쪽으로 다가오더니 덥석 껴안는 게 아닌가.

"고마워요오오!"

"엇!"

순간 당황한 유정상이 주춤거렸다.

그야말로 압도적인 얼굴과 완벽한 체형을 가진 존재가 이렇게 자신에게 달려들 거라고는 전혀 예상하지 못했던 탓이다.

물론 그녀에게 안겨 있던 살리얀이 부럽기는 했지만 직접 겪어보니 이건 진짜 존재감이 장난이 아니었다.

"이게 무슨 짓이에요. 미르엘님! 떨어지세요."

작은 날개를 퍼덕거리며 날아온 살리얀이 얼른 유정상에게서 그녀를 떼어놓았다.

쩝.

유정상이 아쉬움에 입맛을 다시는데 주코가 게슴츠레한 눈빛으로 바라보더니 히죽 웃는다.

"크음. 왜 웃어."

"아니다. 그냥 주인 기분이 좋아 보여서."

그런데 미르엘이 또다시 예상 못한 행동을 했다.

이번에는 유정상의 옆에서 음흉한 웃음을 짓고 있던 주코를 덥석 안아버린 것이다.

"너도 날 도와주었구나아아. 고마워어어!"

"이게 무슨 행패야! 떨어져!"

"쪽."

"으아아아! 죽을래!"

볼에다 뽀뽀를 해 버리자 주코가 더욱 난리 법석을 떨었지만, 유정상은 살짝 부럽다는 생각을 했다.

하지만 역시 마족이라 그런지 주코의 반응은 완전 딴판이었다.

마치 온몸에 오물이라도 붙은 것 같은 행동이었다.

그나저나 유정상은 예상과 전혀 다른 천사의 모습에

적응하기 힘들었다.

푼수랄까, 어쩐지 귀엽기도 하고 백치미를 듬뿍 풍기는 느낌이었다.

억지로 주코에게서 미르엘을 떼어낸 살리얀이 다시 잔소리를 해대는 모습을 보는데 그때 메시지가 떠올랐다.

뭔가 한 템포 느린 반응에 의아한 느낌도 있었지만 착각이겠지.


[ '아킨젤스인 미르엘을 깨워라' 미션완료.]

[마계의 귀족 '네르갈'의 야심을 분쇄시키고 그에게 흡수되었던 하급천사 미르엘을 깨웠습니다.]

[이로써 마족들의 세력을 견제할 수 있게 되었습니다. 더불어 이곳 던전은 스스로 원래의 모습을 되찾게 될 것입니다.]

[보상으로 네르갈의 가죽과 군주 포인트 1,000점이 추가됩니다.]


"뭐? 군주 포인트?"

한 번도 미션성공 후 군주 포인트를 받은 적은 없었다.

어찌된 일인지 골드가 보상으로 주어지지 않았지만 요즘 차고 넘치는 게 골드라 그리 집착하지는 않았다.

[13레벨이 상승합니다.]

[현재 60레벨이 되었습니다.]


엄청난 레벨 상승.

그보다 군주 포인트 1,000점은 정말 예상하지 못한 행운이었다.

뭐 정작 네르갈과 같은 최종보스와 싸울 때는 별 필요가 없긴 하지만 말이다.

그렇게 멍해 있는데 어느새 유정상 앞에 미르엘과 살리얀이 다가왔다.

완벽한 미모와 볼륨감 넘치는 몸매의 천사가 눈앞에 있으니 방금 전의 생각도 저 멀리 사라져 버렸다.

"크음."

마치 그의 생각을 읽기라도 한 듯 살리얀이 헛기침을 하며 유정상의 주의를 환기시켰다.

"미르엘님을 구해주셔서 감사합니다."

"우리 살리얀을 살려주셔서 고마워요오오."

살리얀이 말하자 덩달아 미르엘도 고개를 숙이며 감사를 표한다.

장난처럼 말하고 있지만 순수함과 함께 묘한 진실성이 느껴진다.

'길게 빼는 말은 원래 습성인가?'

"제가 감사의 선물을 드려도 될까요오?"

"선물? 설마 키스 같은 걸로 때우려는 건 아니겠지?"

선물이라는 말에 주코가 얼른 옆에서 끼어들며 말했다.

하지만 유정상은 내심 그런 것도 괜찮지 않을까 하는 기대를 하기도 했다.

그러나 역시 그건 아닌지 미르엘이 고개를 절레절레 흔든다.

"아니요오. 그냥 원하시는 걸 드리는 거에요오"

그렇게 싱긋 웃더니 손을 모아 삼각형의 모양을 만들더니 눈을 감는다.

곧바로 그녀의 이마에서 빛이 어리더니 유정상의 커서가 반응한다.

부르르르르.


[커서가 '천사의 가호'를 받아 업그레이드됩니다.]

[커서 방패의 방어력과 이동반경이 증가합니다.]

[황금검의 스피드와 공격력이 증가합니다.]

[신성 경험치의 대폭 상승으로 5레벨이 올라 65레벨이 됩니다.]


'커억. 대박이다.'

놀랍게도 메르엘이 '천사의 가호'라는 스킬을 발현하자 곧바로 유정상의 능력이 대폭 상승해 버린 것이다.

그런데 마지막에 한 '원하는 걸 준다는 말'의 의미는 뭔지 잠깐 혼란스러워졌다.

그리고 눈을 뜬 메르엘이 다시 웃으며 말했다.

"어때요오. 마음에는 들었어요오?"

"괜찮군."

"와아. 기뻐요오"

유정상의 평범한 반응에도 메르엘은 팔짝뛰며 엄청 좋아
한다.

"우리도 고생했는데 뭐 없냐?"

주코가 투덜거리며 말하자 메르엘이 입술을 내민다.

"또 뽀뽀해줄께에!"

"닥쳐! 병신아!"

왠지 부럽다고 생각하는 유정상이었다.

미션을 끝내고 던전에서 집으로 돌아온 지 하루가 지났다.

간만에 아이템 상점으로 들어가 제나를 만났다.

[제법 높은 마족의 가죽이군요.]

던전에서 미션을 완료하고 얻은 네르갈의 가죽을 내밀자
제나가 호기심 가득한 눈빛으로 살펴본다.

"어때? 이거 옷으로 만들 수 있어?"

[그럼요. 방어복만 전문으로 만드는 노마법사님이 계세
요. 아마 이 가죽을 보시면 엄청 좋아하실 걸요.]

"얼마지?"

[글쎄요. 그건 일단 맡겨봐야 알아요.]

"그래. 그럼 이걸로 지금 내가 던전에서 사용하고 있는 검은 로브와 동일한 모양으로 만들어줘."

[다른 디자인으로 안하시구요?]

"난 이게 마음에 들어. 그리고 지금 로브의 스킬도 추가 할 수 있을까?"

[아마 가능할거에요. 대신 그 로브도 같이 맡기셔야 할 거에요. 고유 특성 스킬이라 같이 합쳐야 할 테니까요.]

"잘 아네."

[제가 이래봬도 이쪽 분야에선 꽤나 전문가랍니다.]

"경력이 얼마나 됐는데?"

[850년…….]

제나의 대답에 유정상의 입이 떡하니 벌어지자 얼른 하던 말을 멈추더니 입을 가리고 호호거린다.

그리고 어색한 표정으로 더듬거린다.

[……이 아니고, 그…… 그러니까 85년……도 아니고.]

"알았으니까 그만하지. 억지로 나이 많다는 거 숨길 필요는 없어."

[히잉.]

# 커서 마스터
### Cursor Master

2. 빙결의 마녀와 칼리오프

# 커서 마스터
## Cursor Master

### 2. 빙결의 마녀와 칼리오프

강원도 속초의 별장.

삐리삐리삐리리.

6성급 던전에서 구해온 희귀 몬스터 폭탄하마의 고기를 냠냠플레이어의 냄비로 익히고 있던 공지훈이 살짝 인상을 찌푸리고는 휴대폰을 들어올렸다.

형인 공정훈이라는 걸 확인하고는 통화버튼을 누른다.

"무슨 일이야?"

– 정부로부터 의뢰가 들어왔어.

"정부? 나 참. 이름뿐인 이사 직함을 아버지 땜에 어쩔 수 없이 받은 건 사실이지만 회사 일을 할 생각은 없어. 특히 정부 쪽 일이라면 더욱더."

- 네게 온 의뢰야.

"뭐? 나한테? 왜?"

공지훈이 어이가 없다는 표정으로 되물었다.

- 정확하게 말하면 블랙로브에게 하는 의뢰야.

"그럼 왜 회사로 의뢰가 들어간 거지?"

- 블랙로브의 정체도 모르는데 어떻게 연락하라고.

맞는 말이다.

하지만 아예 연락할 방법이 없는 것도 아니다.

공지훈은 전화통화를 하면서도 신중하게 폭탄하마의 고기를 뒤집어준다. 잠깐 동안 수화기에서 흘러나오는 소리를 듣지도 못할 정도로 집중하는 중이었다.

겨우 어느 정도 요리의 형태를 마무리 지은 후에야 겨우 말을 이었다.

"방송국을 이용하면 되지. 뉴스를 이용하든 광고를 하든."

- 모두에게 알릴 수 없는 종류겠지.

공정훈의 말에 공지훈이 조금 어이가 없다는 얼굴로 피식 웃었다.

"예전엔 안 그러더니 언제 정부 나팔수가 되었어?"

- 후후. 하는 수 없지. 정부를 등지고 장사를 하는 건 쉽지 않거든. 너도 궁금하면 회사에 나와서 장사치 생활을 해보든가.

"아니, 됐어."

잠시 뜸을 들이던 공정훈이 다시 물었다.

― 내용은 안 궁금해?

"별로. 괜히 입장만 난처해질 것 같은 느낌이라 모르는
게 나을 것 같은데?"

― 하하하.

"……?"

― 알았으니까. 일단 들어보고 네가 판단해보라고.

[50만 골드입니다.]

제나가 새롭게 만든 블랙로브를 유정상에게 내밀며 말했
다.

대충 비쌀 거라고는 예상하고 있었지만, 그보다 훨씬 높
은 금액에 화들짝 놀란 유정상이었다.

"헉! 그렇게 비싸?"

[레벨이 오를수록 비싸지는 건 당연한 거예요.]

"그거야 그렇겠지."

제나의 말에 대충 고개를 끄덕인 유정상이 곧 블랙로브
를 장착 아이템에 추가했다.

그리고 대충 확인해보니 방어력뿐만 아니라 화염계열 속
성에 강한 특성이 추가된 것 같았다. 물론 스피드가 올라간
것은 덤.

새로운 블랙로브를 살피고 있던 유정상에게 제나가 말을 걸었다.

[새로운 아이템이 출시되었는데 한 번 보시겠어요?]

돈이 사라지는 소리가 들리는 것 같지만 구경하는데 돈 나가는 건 아니니 궁금증에 고개를 끄덕였다.

그러자 그녀 앞 테이블에 여러 아이템이 주르륵 생겨났다.

여러 가지 반지나 보석, 그리고 스킬북에 약병 하나가 놓여 있었다.

피부가 좋아진다거나 기분이 좋아진다는 보석도 있었지만 뭔가 꺼려져 다른 것들을 살피다 스킬북에서 시선이 멈추었다.


[아탄의 재봉 스킬북]

[제르간 공국의 재봉장인 아탄의 재봉기술이 담긴 스킬북.]

[동물의 가죽을 이용해 각종 옷을 만들 수 있다.]


재봉기술 따위에 관심은 전혀 없었지만 가끔 던전의 환경에 따라 보호복이 필요할 경우가 있다는 걸 느끼던 유정상이라 호기심을 보였다. 던전의 내부에서 스킬로 필요한 물건을 만들 수 있다는 것은 상당한 특혜였다.

"이거 얼마지?"

[30만 골드입니다.]

30만 골드면 현실 돈으로 30억. 어마어마한 금액이기는 하지만 언제부터인지 그런 계산은 의미가 없어졌다.

돈에 대한 집착도 예전에 비해 크지 않았고 유정상이 보유한 골드도 아직 넉넉하게 남아 있었다.

그래서 가볍게 고개를 끄덕이며 말했다.

"이걸로 줘."

[감사합니다.]

스킬북이 인벤토리로 이동하자 자동으로 돈이 빠져나갔다.

추가적으로 마나 회복력을 올려주는 반지를 추가해서 구입했다.

로브 제작비와 스킬북, 그리고 반지를 합쳐 총 90만 골드를 사용했다.

한꺼번에 엄청난 금액을 이용해준 덕분에 서비스로 피부가 좋아지는 보석을 받았는데 그냥 인벤토리에 넣어두기만 해도 효과가 있단다.

돈을 주고 구입하는 거였다면 그만두었을 테지만 공짜라는 말에 고맙게 받았음은 물론이었다.

그런데 아이템 상점에서 나오자마자 바로 메시지가 생성되었다.

[미션발생.]

[좌표는…….]


좌표를 확인하자마자 입이 떡 벌어졌다.

"한국이 아닌 거야?"

공지훈은 한동안 고민에 빠져 있었다.

형인 공정훈이 한 말이 계속 신경 쓰이고 있었던 것이다.

정부의 의뢰라는 것이 블랙로브를 미국으로 보내라는 것이다.

일단 미국으로 보내주기만 하면 접촉은 미국 정부 측에서 알아서 한다는 내용이었다.

아마 미국정부에서 시작된 의뢰로 은근한 압력도 있었던 것 같은데 자세한 사정은 모른다고 한다. 공정훈은 뉴욕에 무슨 일이 벌어진 것 같다고 막연하게나마 추측하고 있을 뿐이었다.

공지훈이야 그냥 무시해 버리면 그만이었지만, 제로그룹의 입장에서는 그리 쉽게 결정을 내릴 수 있는 입장이 아니었다.

게다가 현 대통령과 공지훈의 아버지가 한때 막역한 사이였다는 걸 감안하면 쉽게 무시하기도 힘들었다.

전후 사정이야 어찌되었건, 공지훈은 자신이 처한 상황을 해결하기 위해 유정상에게 부탁을 한다는 것이 썩 마음에 내키지 않았다.

그럼에도 가족이 연관된 일이라 신경이 쓰이는 건 어쩔 수 없으니 진퇴양난이었다.

"미국이라……."

그렇게 고민에 빠져 있는데 공지훈의 전화벨이 울렸다.

특정 음악을 지정해 둔 전화번호였기 때문에 벨소리를 듣고 곧바로 반응했다.

바로 유정상이었다.

"어. 무슨 일이야?"

- 저기, 부탁이 있는데 잠깐 통화해도 괜찮을까?

"뭔데?"

- 외국에 급하게 가봐야 할 일이 생겨서 말이지.

뭔가 공교롭다는 생각을 했지만, 그럴 수도 있다고 여기며 곧바로 물었다.

"어딘데?"

- 미국.

정말 이렇게 공교로울 수 있을까? 의외의 전개에 공지훈이 깜짝 놀라는 와중에도 유정상은 전화를 건 사정을 이어서 설명했다.

- 급히 떠나야 하는데 여권에 비자까지 준비된 게 아무것도 없어서 말이야.

"내가 해결해줄게. 비행기도."

– 뭐?

"형이 사용하는 전용기를 잠깐 빌리면 돼."

– 전…… 용기라고? 그거 엄청 비싼 거 아닌가? 아니…… 그보다 그런 걸 정말 막 써도 되냐?

"괜찮아. 내가 부탁하면 형이 별 말은 안 할 거야."

– 그럼 내가 미안한데.

"미안하긴. 우리 사이에 그 정도는 당연히 내가 해줘야지. 그런데 어디로 갈지 물어봐도 돼?"

– 그거야 준비를 해주려면 당연하겠지 뭐……. 뉴욕이야.

공지훈은 정말 이런 일도 있구나 싶어 황당한 표정을 지었다.

하지만 대하기 어려운 유정상에게 자신이 부탁을 하지 않아도 된다는 사실에 꽤나 마음이 편해졌다.

"곧바로 준비할게. 네 여권이나 비자도 이쪽에서 준비해줄 테니까. 걱정하지 말고."

– 신분증 복사해서 팩스로…….

"됐어. 이쪽에서 알아서 할게."

– 역시 최강의 금수저구나…….

"응……? 뭐?"

– 아니……. 그냥 고맙다고.

"우리 사이에 고맙긴."

공지훈은 고맙다는 유정상의 말에 살짝 찔리는 마음으로 그렇게 대답했다.

마음속으로 짊어졌던 짐을 정말 생각지도 못하게 던져버린 것이다.

❖ ❖ ❖

전화를 끊은 유정상이 피식 웃었다.

"이 녀석 정말 도움이 많이 되네. 전화 한 통으로 모든 일이 해결이 돼 버리잖아. 역시 냄비를 준 보람이 있어."

싱글거리던 유정상이 모처럼 여유를 좀 가지고 싶은 마음에 겸사겸사 시내로 향했다.

최근 누나가 취직한 식당으로 가보기로 생각한 유정상은 곧바로 친구인 박병석을 불렀다.

간만에 녀석이랑 밥이나 먹을까 싶은 생각도 떠오른 것이다.

요즘도 취업준비를 하느라 눈코뜰새 없이 바쁘다는 이야기를 들었기 때문에 녀석이 다니는 대학의 도서관 근처로 갔다.

그리고 도착하자마자 부스스한 머리로 갓길에서 기다리는 박병석을 차에 태웠다.

"밥 안 먹었지?"

"안 그래도 점심시간에 근처 분식집에 가려고 했는데,

그런데 어디 맛집이라도 가게?"

"소문난 맛집인지는 모르지만 한군데 아는 곳이 있지."

"설마 싸구려는 아니겠지?"

"얻어먹는 주제에 따지긴."

"짜식이. 돈도 잘 번다면서 한 번 제대로 쏴봐."

"시끄러."

"노랭이 자식."

그렇게 투닥거리며 이동하는 동안 어느새 목적지에 도착했다.

"여, 여기 설마."

전용 지하 주차장에 차를 주차하고 내리는데 박병석이 얼떨떨해 한다. 주변엔 온통 외제 고급차들이 즐비해 있어서 박병석은 자신도 모르게 사방을 두리번거렸다.

"너 잘못 온 거 아니야?"

"여기 맞는데."

"여기서 밥을 먹겠다고?"

"시끄럽고 따라오기나 해라."

그렇게 말하며 엘리베이터를 타고 올라갔다.

그리고 문이 열리자 별천지 같은 실내의 모습에 박병석이 입을 떡하니 벌리고 다물지를 못한다.

"어헉! 도대체 여긴 뭐야? 너 정말 제대로 온 거 맞아?"

호들갑떠는 박병석을 무시한 유정상이 실내로 들어섰다.

그러자 여직원 한 명이 빠르게 다가온다.

"예약은 하셨나요?"

"이거."

유정상이 조그마한 종이 한 장을 내밀었다.

황금색 금속 명함.

예전에 공지훈이 여기 밥 먹을 일 있으면 내밀라고 한 명함이었다.

당연히 그 명함에는 공지훈의 이름이 새겨져 있었다.

그것을 본 여직원이 놀란 얼굴로 두 사람을 안내했다.

엘리베이터를 타고 이동해 도착한 곳은 식당의 가장 최상층에 위치한 VVIP룸이었다.

매일 깨끗하게 관리하고는 있지만 아직 한 번도 손님을 받지 않은 방이었다.

투명한 유리 바닥 안에는 커다란 잉어들이 돌아다니고 있었다.

박병석은 계속 입을 다물지 못한 상태로 그저 사방을 두리번거리며 계속 놀란 표정을 지을 뿐 아무 말도 못하고 있었다.

직원의 안내를 받고 의자에 앉아 바깥 전망을 살피는 유정상에게 박병석이 여전히 얼떨떨한 표정으로 말했다.

"너, 아까 내민 그거 뭐야?"

"여기 주인 녀석이 준거야. 이거 내밀면 좋은 자리 줄 거라고 해서. 그런데 확실히 좋은 자리긴 하네."

"주인? 이 가게 주인이랑 아는 사이라고?"

"금수저거든."

"여기 들어올 때 보니까 제로그룹에서 운영하는 식당 같던데, 설마 제로그룹 사람은 아니겠지?"

"뭐, 직접 물어보지는 않았는데 제로그룹의 금수저는 맞나보더라고."

쾅.

"그 엄청난 거짓말이 정말이냐?"

"아이고, 시끄러워!"

그런데 잠시 후 누군가 문을 열고 방으로 들어선다.

하얀 주방장의 옷을 입은 여직원의 모습.

그런데 그 얼굴을 보고 박병석이 깜짝 놀랐다.

"어? 누, 누나?"

"병석이랑 같이 왔구나."

"여기 취직했어요?"

"응. 주방 보조야. 정상이 덕분에 낙하산으로 들어온 거지만."

머리를 긁적이며 헤헤거린다. 그런 누나의 모습을 보면서 박병석도 뺨이 붉어졌다. 원래도 짝사랑하고 있었지만 오랜만에 보는 귀여운 모습에 더욱 가슴이 두근거리는 느낌을 받는다.

"일은 안 힘들어?"

"힘들긴. 여러 가지를 배울 수 있어서 재밌어. 오히려 부담스러울 정도로 잘해주니까 그게 더 신경 쓰일 정도야."

그녀는 공지훈이 직접 채용한 직원이었기 때문에, 당연하게도 직원들은 처음에 그녀를 무척 어려워했었다. 하지만 같이 지내는 동안 그녀의 활달한 성격 덕분에 지금은 거의 가족같이 지내고 있었다.

"그런데 어떻게 알고 올라왔어?"

"그냥 올라가보라고 해서 왔는데 너희들이 온지는 몰랐어. 하긴 주방장님은 가끔 손님들이 부르긴 하지만 말이야. 그런데 너 여기 밥값이 얼마나 비싼 줄 알고 온 거야?"

"알게 뭐야. 빵지훈 그녀석이 공짜로 먹으라니까 온 거지."

"넌, 정말 공지훈이라니까. 친구 이름도 제대로 기억 못하니?"

"몰라. 그런 건."

두 사람의 이야기를 듣고 있던 박병석이 놀란 표정으로 벌떡 일어섰다.

"공지훈? 설마, 제로그룹의 그 스톤마스터라는 공지훈?"

"어? 너도 잘 아네. 벌써 그 스톤마스터라는 별명도 생겼구나."

원래라면 앞으로 10년 정도 더 지나야 생길 별명이었다. 유정상은 아무래도 모든 사건들이 자신이 알고 있는 미래와 달리 더 빠르게 진행되는 것 같아서 기분이 조금 묘해졌다. 그런데 박병석은 갑자기 엄청 진지한 얼굴이 되고는 오버하면서 말했다.

"미, 미친. 당연한 거 아니야. 지금 대한민국에서 제일 유명한 사람 중 한 명이라고."

"됐고. 밥이나 먹어."

"지금 내가 밥에 정신 팔게 생겼냐고."

"뭐?"

"나도 그 친구 소개시켜줘."

"갑자기 그건 왜?"

"살아생전에 낙하산으로 취직을 해보는 게 저의 소원이 었습니다."

"개소리하고 있어."


❖　❖　❖


며칠 전 블랙로브가 해결한 '바람의 칼날 1호 던전'은 이 제는 '블랙로브 1호 던전' 혹은 '서울 던전'이라는 이름으로 사람들에게 불리기 시작했다.

그도 그럴 것이 원래 7성급의 던전이 2성급으로 바뀐 데 다가, 내부 풍경과 등장하는 몬스터까지 던전의 성질이 완 전히 바뀌었으니 사람들은 그냥 그렇게 부르기 시작한 것 이다.

그런데 그 때문일까.

던전을 찾는 사람들의 발길이 엄청나게 늘어났다.

블랙로브가 변화시킨 던전이라는 사실도 한몫했지만,

그보다 던전 속에 생성된 서울의 모습 때문이었다.

던전 속 서울.

이 특이한 현상 때문에 한동안 큰 이슈가 되며 많은 던전 전문가들이 이 현상을 연구했지만, 아무도 그 정확한 이유를 밝혀내지는 못했다.

가장 신빙성 있는 의견은 모든 것이 블랙로브와 관련이 있을 거라는 주장이었다.

그런 사정이야 어찌되었건, 그 때문에 외국 관광객들이 엄청나게 늘어나고 있는 것도 사실이었다. 물론 관광객이라는 사람들 대부분이 각성자들이거나 외국 방송국 관련자들이었지만 말이다.

던전이 생성되고 나서 하나의 던전 때문에 외국관광객이 늘어난 건 처음 있는 일이었다.

물론 서울 던전은 외국인뿐만 아니라 국내 각성자들에게도 엄청난 인기를 끌고 있었다. 거기다 던전의 레벨이 2성급으로 하향되었기에 입장 가능한 각성자의 폭은 더욱 넓어졌다.

"하하. 청와대에서 고블린을 잡을 거라고는 정말 꿈에도 생각 못했는데. 여기 완전 서바이벌 게임장보다 더 재밌다."

"그러게."

"난 아까 청와대 앞 잔디밭에서 지옥늑대 잡았어."

"이거 진짜 대박이다."

평소라면 청와대 구경은 언감생심이던 하급의 각성자에게도 이곳은 그저 하나의 사냥터에 불과했다. 어째서 이렇게까지 세세하게 구현될 수 있는 것인지 궁금하기도 했지만, 그것을 설명해 줄 수 있는 이가 없었으니 그저 현 상황을 즐길 뿐이었다.

아무튼, 던전에 들어선 대부분의 각성자들은 감탄하고 있었다.

간단한 영상으로만 본 도시 던전.

그런데 서울의 사소한 것까지도 완벽하게 같았기 때문이었다.

물론 부서진 건물들이 많다는 것과 자동차들이 사방에 버려진 모습을 보면, 마치 서울에 거주하던 사람들이 모두 증발해 버린 종말의 도시 같아 을씨년스럽기도 했다.

하지만 던전의 내부에 널려 있는 각종 편의점이나 슈퍼에선 지금 막 만든 것 같은 신선한 음식물을 구할 수 있다는 사실까지 알려지면서 더욱 인기를 끌게 되었다.

서울 던전에서는 음식물마저 주종 몬스터인 고블린처럼 리젠되고 있다는 놀라운 사실이 알려지면서 더욱 많은 사람들이 던전을 찾았다.

이 놀라운 사실은 방송을 타고 전 세계에 퍼져나가기 시작했다.

"이거 너네 형님에게 미안한데."

공항으로 이동하는 차 안에서 유정상이 차창 밖을 바라보며 말했다.

전용기를 빌리는 것도, 급히 여권과 비자를 만드는 것도 모두 공지훈의 힘으로는 어려울 테니 그룹의 힘을 썼을 것이기에 동생을 통해 개인적인 청탁을 한 것이 미안했던 탓이다.

하지만 공지훈은 어깨만 으쓱해 보일 뿐이었다.

"괜찮아. 요즘 자주 전화하는 것 보면 바쁜 것도 별로 없나 봐."

공지훈의 이 말을 형인 공정훈이 들었다면 아마도 버럭 화를 냈을 것이다.

왜냐하면 지금 공정훈은 블랙로브와 공지훈 덕분에 업무가 갑작스레 불어나 바쁜 일정을 소화하고 있었으니까.

하지만 이번 일은 형도 정부의 의뢰를 도와야 하는 입장에서 스스로 내어준 개인 전용기였기에 그 마음은 공지훈과 별로 다르지 않았다.

그 덕분에 공지훈은 이번 일정 동안 그룹 소속의 전용기를 임대해서 사용하기로 한 것이다.

물론 그 가격은 공정훈이 대신 치렀다.

하지만 공정훈의 생각과 달리 유정상은 자신의 미션

때문에 얻어 타는 입장이었다. 공교롭게도 그것이 그룹이 국가로부터 받은 의뢰와 맞아떨어진 것뿐이었다.

그런 사실이야 어찌되었건 공지훈은 자신이 전달받은 국가의 의뢰에 대한 구체적인 사항을 유정상에게 말해둘 필요가 있다고 생각했다.

유정상이 그것을 받아들이든 그렇지 않든 말이다.

그래서 머뭇거리는 표정으로 입을 열었다.

"사실 미리 말했어야 할 이야기가 있다."

"……?"

"원래 나도 너에게 이야기를 전해달라고 부탁받은 것이 있었거든."

"그게 뭔데?"

유정상의 물음에 잠시 뜸을 들이다 다시 입을 열었다.

"우리 회사 알지?"

"제로그룹?"

유정상도 이젠 녀석이 제로그룹 회장의 막내 동생이라는 것쯤은 잘 알고 있었다.

"응. 우리 회사가 정부로부터 블랙로브에게 한 가지 의뢰를 전달해달라는 일을 받았나봐. 국가가 네게 직접 의뢰하려고 해도 너에 대한 정보를 그동안 우리 그룹에서 차단하고 있었거든."

허술하게 움직이는데도 자신의 정체가 전혀 밝혀지지 않았기에 대충 누군가의 도움이 있다는 것은 어느 정도 예상하고 있었다.

공지훈은 미국으로부터 전달된 대강의 의뢰내용과 주변 상황에 대해서 간단히 설명했다.

"그렇게 된 거야……."

"됐다. 더 설명하지 않아도 대충 알 것 같다. 어차피 나도 뉴욕에 목적이 있어서 가는 거니까 서로 부담가질 필요는 없겠어."

걱정과 달리 유정상이 쿨하게 받아들이니 오히려 공지훈이 약간 얼떨떨해 했다.

"어쨌든 그렇게 생각해주니까 고맙다."

"고맙긴, 나도 이렇게 도움을 받고 있는데 말이야. 귀찮은 여권이랑 비자 문제를 빨리 해결해주기도 했고. 아무튼 자세한 내용은 뉴욕에 도착하면 알 수 있겠네."

"그래서 말인데 지금 네 모습을 조금 숨길 필요가 있지 않을까? 일단 기장과 부기장을 제외하고 승무원은 없을 거니까 기내에선 크게 신경 쓰지 않아도 되지만, 밖에서의 상황은 다르니까."

아무래도 공항에 자신이 도착하면 어떤 식으로든 사람들의 이목을 끌 수밖에 없을 것이고, 운이 나쁘면 언론에 노출될 수도 있는 문제다.

"그래, 그건 내가 알아서 할 테니까 너는 그냥 모른 척하고 자연스럽게 전용기를 타라고."

"그래 알았다."

공항에 도착해 공지훈이 전용기로 이동하는 동안, 유정상은 은신 스킬을 이용해 뒤를 따라갔고, 전용기에 오른 뒤에야 그 모습을 드러냈다.

물론 공지훈은 그런 유정상의 모습에 별로 놀라지는 않았다.

자신이 알지 못하는 다채로운 능력을 가지고 있으며, 그의 한계는 끝을 알 수 없었기에, 유정상이 알아서 하겠다고 했을 때부터 일이 이렇게 진행되리라고 대강 예상하고 있던 공지훈이었다.

❖ ❖ ❖

뉴욕에 도착하니 이미 저녁이었다.

"뉴욕의 달도 괜찮네."

유정상이 창밖으로 보이는 달을 바라보며 말하자 공지훈이 피식 웃었다.

"가볼게."

"그래. 돌아갈 때 다시 연락 줘."

"알았다."

곧이어 공지훈과 헤어지고 다시 은신 스킬을 이용해 바깥으로 나온 유정상은 휴대폰을 꺼내 좌표를 확인했다.

그리고 목적지를 확인하고 자신의 위치도 확인했다.

"나도 한 번쯤은 스파이더맨처럼 해보고 싶었다고."

피식 웃은 유정상이 온몸을 풀어준다.

그리고는 스파이더맨처럼 이동의 팔찌를 이용해 뉴욕시의 건물들 사이를 누비기 시작했다.

은신 스킬이 적용된 상태라 그의 모습을 인지한 사람은 아무도 없었다.

그 시각, 공지훈은 미국 정부에서 파견된 인물을 만나기 위해 그들이 제공한 검은색 링컨 리무진에 올랐다.

차에 오르면서 공지훈이 '장의차 아닌가?' 하며 중얼거렸지만 차에 타고 있던 미국 정부 요원들은 알아듣지 못했다. 아무튼 공지훈은 그들에게 블랙로브가 이미 뉴욕에 도착했다는 사실 정도는 알릴 필요가 있었다.

그리고 차후의 문제는 그들이 알아서 할 일이었다.

유정상이 어느덧 목적하던 좌표에 도달했다.

폰에서 지원하는 전 세계용 맵으로 확인하니 뉴욕 브룩클린, 마린파크란다.

던전 때문인지 인근은 심하게 황폐화되어 있다.

휘익.

유정상이 짧은 휘파람을 불었다.

그래도 강대국이라 일컫는 미국, 심지어 미국의 심장이라 할 수 있는 뉴욕이 이런 모습이라니, 뭔가 이 나라의 치부를 보는 것 같은 기분이다.

하기야 던전이 생기면서 많은 것이 변했고, 어떤 나라는 던전 때문에 제구실을 못할 정도로 피폐해진 곳도 있었으니 이정도야 허물이랄 것도 없었지만.

현재의 한국 역시 던전이 생성된 지 그리 오래되지 않은 상태라 관리되지 않은 곳도 상당했기에, 남의 나라 사정에 왈가왈부할 상황도 아니었다.

어쨌거나 이곳도 예전에는 나름 잘 꾸며진 공원이었겠지만, 지금은 사람들의 발길이 끊어진 탓인지 수풀이 무성해 인도조차 제대로 구분이 가지 않을 정도였다.

물론 던전 에너지가 미치는 곳을 벗어나면 좀 다르긴 하겠지만.

아무튼 이곳 던전은 어쩐 일인지 한국처럼 출입을 통제하거나 관리하는 시설이 보이지 않았다.

'던전 이용이 공짜라는 건가?'

고개를 갸웃거린 유정상은 여전히 은신 스킬을 시전 한 상태로 블랙로브로 복장을 교체한 뒤 던전을 향해 다가갔다.

그런데 그때 유정상의 감각에 뭔가 걸려들었다.

정체를 알 수 없는 물체가 달빛에 번쩍이며 유정상에게 날아들었다.

휘익.

유정상이 그것을 가볍게 피해 내자, 목표를 잃고 땅에 박혔던 물체는 다시 뽑히며 날아왔던 방향으로 튕겨져 돌아갔다.

유정상이 그곳으로 빠르게 이동해가자 그곳에 있던 기세가 이동하기 시작했다.

그리고 다시 유정상에게 똑같은 물건이 날아들었다.

두 번째에서야 그것이 단검의 일종이라는 걸 눈치 챈 유정상이 가볍게 기파를 날려 튕겨 냈다.

그리고 빠르게 이동하는 기운을 쫓았다.

타타타타타

놈이 도망치다 유정상이 더 빠르다는 걸 느꼈는지 자리에 우뚝 멈춰 섰다.

그리고 자신의 모습을 드러냈다.

의도적이라기보다는 마나의 소모가 심해 어쩔 수 없었던 것이다. 전투를 위해서는 마나의 소모를 줄여야 할 필요가 있었기 때문일 것이다.

어쨌든 녀석도 유정상처럼 은신 스킬을 가진 각성자인 것 같았다.

그런데.

나타난 상대는 금발의 백인 여자였다.

유명 잡지의 모델이라고 해도 믿을 정도로, 뛰어난 글래머 몸매를 자랑하는 미녀였다.

아무래도 각성자들은 육체적 완성도가 높다보니 몸매도 자신의 체형에 가장 최적화되는 경향이 있었는데, 확실히 서양여자들의 발육은 남달랐다.

게다가 엄청난 미인이었다.

여자 각성자들 중 미녀가 많다는 이야기는 들었지만,

자신이 만나본 이들 중에서도 손에 꼽을 정도로 특별했다.

물론 얼마 전에 만났던 미르엘이라는 천사에 비할 수는 없을 테지만 말이다.

그런데 자신을 바라보는 그녀의 눈이 눈에 띄게 커졌다. 마치 자신에 대해 알고 있다는 모습.

이내 그녀가 입을 열었다.

다만 그녀가 하는 말은 알아들을 수…….

"당신, 블랙로브?"

알아들을 수 있다.

첫 마디는 단어가 간단하니 그럴 수도 있다고 생각했다.

그러나 다음 말을 들으니 그것도 아닌 것 같았다.

"여기엔 어쩐 일이죠?"

분명 영어다.

그런데 알아듣고 있었다.

유정상의 눈앞에 펼쳐진 디스플레이의 한쪽 구석에 새로운 그림이 떠 있었다.

샤잉족의 모양을 나타내는 그림이다.

'뭐지?'

그러고 보니 샤잉족이었던 살리얀이 모든 지성체와 대화가 가능하다고 했던 말이 떠올랐다.

미르엘이 천사의 가호라는 축복을 내려줄 때 함께 생겨난 능력이 아닌가 싶었다.

"그 질문 전에 날 공격한 이유부터 밝혀라."

"전 이곳을 지키는 디아나 델 보스케라고 해요."

그녀를 확인해보니 레벨이 38이다.

대략 4급 각성자로 곧 3급에 진입할 수준으로 판단되었다.

특히 그녀의 은신 능력만큼은 자신과 필적하거나 그이상일지도 모른다는 생각이 들었다. 물론 그렇다고 해봐야 레벨이 65에 이르는 유정상의 상대가 될 리는 없겠지만.

"이곳에 있는 던전은 7성급 던전 우라노스에요. 이곳에 들어가기 위해선 정부의 허가를 받아야 해요. 만약 허가받지 않은 자가 접근할 경우 사살하라는 명령을 받았어요."

"왜지? 이곳은 특별한 곳인가?"

7성급 정도면 정부차원에서 관리하는 곳이겠지만 단지 접근하는 것만으로 사살하라는 명령은 좀 이해하기 힘들었다.

어쨌든 결국 그녀가 유정상을 공격한 것은 자신의 일을 하고 있었다는 말이었다.

"그건 외부인인 당신에게 말할 수는 없어요."

"말하건 말건 어쨌든 난 이곳에 볼일이 있으니까."

"미안하지만 아무리 당신이라도 이곳에 들어가게 놔둘 수는 없군요."

"왜지?"

"아까도 말했지만 그건 말씀드릴 수 없어요."

"그럼 말하지 마. 난 들어갈 거니까."

팟.

그녀가 다시 단검을 던졌다.

그러나 유정상은 가볍게 그것을 주먹기파를 이용해 쳐냈다.

그러자 튕겨진 단검이 허공에서 크게 회전하더니 다시 그녀의 손으로 돌아간다.

"재미있는 기술을 사용하네."

"소드 마인드라는 기술이죠. 검에 의지를 싣는 기술이에요."

굳은 표정으로 대답한 디아나가 다시 검을 날렸다.

그녀의 공격이 제법 날카롭기는 했지만 그것만으로는 유정상을 막을 수는 없었다.

단검이 날아들면 그저 가볍게 쳐내면서 던전 쪽으로 걸어가자 그녀가 다급한 표정으로 빠르게 달려들었다.

그리고는 양손에 쥐어진 단검을 휘두르며 공격을 시작했다.

멀리서 던지는 기술 보다는 조금 더 체계적인 느낌의 공격이었다.

그러나 이네크의 보법을 사용하는 유정상에게 디아나의 움직임은 어설프게만 보일뿐이었다.

물론 유정상이 이렇게 생각하고 있다는 걸 그녀가 알았다면 어이가 없었을 테지만.

그런데 아무리 절묘한 타이밍에 기습적인 공격을 감행해

도 묘하게 블랙로브에게 타격을 가할 수가 없었다.

간발의 차이로 회피하는 그였기에 공격이 먹힐 듯 했지만, 점차 공격 횟수가 늘어갈수록 이유를 알 수 없는 의아함이 그녀의 머릿속을 맴돌았다.

그 때문에 그녀는 묘한 짜증이 일기 시작했다.

그 시간이 길어지면서 점점 여유를 잃고 흥분한 디아나가 더욱 날카롭고 빠른 움직임으로 공격해 들어갔다.

그러나 무리한 움직임을 하면서 감행한 그 공격에도 그와의 간격은 전혀 좁혀지지 않았다.

그때서야 뭔가 이상하다는 걸 느낀 디아나는 급히 물러서더니 숨겨둔 비기를 쓰기 위해 두 개의 단검을 교차시키며 에너지를 끌어 모았다.

지지지지.

전류가 흐르는 것 같은 소리가 들리면서 곧바로 번쩍하더니 강렬한 스파크가 블랙로브를 향해 날아갔다.

퍼엉.

'맞았다.'

블랙로브의 몸에 작렬한 스파크.

그런데 블랙로브는 아무런 일도 없었다는 듯이 여전히 느긋한 걸음으로 던전을 향해 걸어가고 있을 뿐이었다.

회심의 공격을 펼쳤음에도 전혀 통하지 않자 그녀는 이를 악물었다.

"제길."

다시 블랙로브를 향해 빠르게 접근한 디아나가 무릎으로 올려 차는 기술을 사용하며 근접전을 시도했다.

그러나 그런 그녀의 공격을 가볍게 피해 낸 블랙로브가 주먹을 살짝 들어 올리더니 휙 하며 그녀를 향해 휘둘렀다.

아주 가벼운 움직임이었지만, 그 파괴력은 결코 가볍지 않았다.

쾅.

"큭!"

복부에 기파가 작렬하자 신음을 내뱉으며 쓰러지는 디아나.

아주 약하게 조절한 것이지만 그녀는 마치 보스 몬스터의 강력한 필살기에 적중당한 것 같은 고통을 느꼈다.

그 때문에 던전을 향해 걸어가던 그의 걸음이 잠시 멈추었다.

그리고 특유의 낮게 깔리는 저음이 흘러나왔다.

"쉬고 있으라고."

그렇게 말한 블랙로브가 다시 던전 안으로 들어갔다.

하지만 강한 복부의 통증으로 인해 그녀는 더 이상 블랙로브를 저지하지 못하고 바닥에 몸을 웅크린 채로 부들부들 떨고만 있었다.

내장이 모두 진탕되어 기절할 것만 같은 고통이 그녀를 움직이지 못하게 만들었다.

"으으으으으."

던전에 들어서자마자 하얀 설원이 눈앞에 펼쳐졌고 매서운 한파가 몰아쳤다.

아무런 사전 조사도 없이 무턱대고 들어왔더니 완전 시베리아 벌판이 눈앞에 펼쳐져있는 상황이라 당황하지 않을 수가 없었다.

그때 백정과 주코가 그의 곁에 나타났다.

"으앗! 추워! 뭐냐. 여긴."

"삐이이이이."

주코가 자신의 몸을 감싸더니 몸을 부르르 떨었다.

유정상 역시도 추위가 너무 강해 순간 으스스해졌다. 원래라면 고통스러울 정도의 낮은 온도였지만 그나마 블랙로브가 강한 냉기를 막아주고 있어서 이 정도였던 것이다.

그래도 백정은 추위에 큰 영향을 받지 않는지 하얀 눈밭을 뛰어다니며 좋아라한다.

유정상은 활력의 불꽃을 사용할 장소부터 찾았다.

아무래도 이렇게 있다간 얼어 죽을지도 모른다는 생각 때문이었다.

그리고 적당한 장소를 찾아 주변의 눈들을 대충 걷어냈다.

화악.

활력의 불꽃이 땅속으로 박히며 모닥불이 솟아올랐다.

그러자 주변으로 퍼져나가는 온기에 눈이 녹아내리며 젖은 땅이 마르기 시작했다.

"이제야 살 것 같다. 주인."

주코가 반쯤은 얼어붙은 꼴로 모닥불 가까이에 앉아서 그렇게 중얼거렸다.

그러나 백정은 눈밭이 좋은지 안전지대를 벗어나 계속 눈밭을 뒹굴며 놀고 있다.

"삐이이이이."

데구르르르르.

"저 녀석은 이 추위에 뭔 지랄이신지."

주코가 투덜거리면서도 모닥불 앞에서 떨어지지 않는다.

안전지대 내부는 제법 강력한 결계가 만들어져서 그리 춥지 않은데도 저 녀석 어지간히도 추위에 약한 모양이다.

그때 메시지가 떠올랐다.


[미션]

[빙결의 마녀 '클레오'를 도와 마계로 연결된 차원의 균열을 막아라.]

[현재 던전 내에 생성된 차원의 균열을 빙결의 마녀가 사력을 다해 막고 있다.]

[그녀의 혼자 힘으로 언제까지 막을 수 있을지는 미지수. 그녀를 도와 차원의 균열을 완전히 봉쇄하라.]

[만약 완전히 봉쇄하지 못하게 되면 던전 내에 마계종족

들이 대거 침입하게 될 것이며 최악의 경우 빙결의 마녀는
던전의 핵을 부술지도 모른다.]

　[미션 실패 시 20레벨 하락과 스킬 두 개가 랜덤으로 소
멸한다.]

　[미션수행까지 남은 시간 48시간.]

　[미션에 도움이 될 아이템이 주어집니다.]


　인벤토리에 생성된 하얀색 구슬이 세 개가 생성되었다.


　[빙결옥: 패시브]

　[빙계 공격에 강한 내성을 지니고 있다.]


　뭔가 심상치 않은 미션의 내용에 유정상이 미간을 찌푸
렸다.

　주코도 내용을 파악하고는 한숨을 쉰다.

　"에휴. 이번에도 차원의 균열이 문제구만."

　"균열을 막지 못하면 던전의 핵을 부순다니……. 결국
던전 폭발과 함께 몬스터 웨이브가 발생한다는 말이군."

　"하필이면 이렇게 추운 던전이라니. 커서 녀석, 최소한
날씨라도 평범한 수준의 던전으로 해줄 것이지."

　주코가 커서를 노려보며 투덜거리는 동안 유정상은 인벤
토리를 열어 빙결옥이라는 아이템을 바라보다 몸에 떨군
다.

곧바로 몸에 퍼지는 하얀색 기운.

그러나 당장의 변화는 느끼지 못했다.

하지만 필요한 아이템은 바로바로 사용하는 게 좋다는 것 정도는 이제까지의 경험으로도 잘 알고 있었다.

곧이어 백정과 주코에게도 빙결옥을 떨구었다.

백정은 고개를 갸웃거렸고, 주코는 만족스럽다는 표정으로 고개를 끄덕인다.

그러더니 모닥불 곁에서 일어나더니 안전지대를 벗어났다.

"으앗, 추워! 전혀 내성이 안 생겼어!"

"빙계 공격 내성이라잖아. 똑바로 이해하라고."

"젠장. 추위도 막아줄 거라 생각했는데."

주코가 호들갑을 떨더니 후다닥 안전지대의 모닥불 앞으로 다가와 앉았다.

사실 유정상도 추위를 막아주는 아이템이 아닐까 기대를 했었지만 주코의 반응을 보니 그런 종류는 아닌 것 같았다.

'하는 수 없지.'

유정상은 몸에 온기가 돌자 이곳에서 활동하기 위해선 털옷이 필요하다는 사실을 인식하고는 서둘러 안전지대를 나섰다.

"주인. 어디가?"

"곧 돌아올 거야."

"삐이이이."

어느 유명한 영화를 통해 누구나 한 번쯤은 들어봤을 법한 말을 남긴 유정상은 아탄의 재봉스킬을 활용할 털가죽을 구하고 정찰도 할 겸 안전지대를 벗어났다.

백정은 유정상을 따라붙었지만 주코는 여전히 모닥불 앞에 앉아 있었다.

"멀리 안 나가."

주코의 말을 뒤로하고 안전지대를 나선 유정상은 주변을 살폈다.

처음에는 드레이크를 부를까도 생각했지만, 이런 눈보라 속에서 하늘로 날아다니는 건 얼어 죽으려고 작정한 거나 다름없다는 생각이 문득 들었다.

그래서 차라리 눈밭 위를 걷는 게 나을 거라고 판단한 그는 정처 없이 걷기 시작했다.

그리고 얼마나 걸었을까?

주변에 기묘한 기운이 감지되었다.

"흠. 그리 강한 녀석은 아니지만 한 마리는 아니네."

파아아아.

눈들이 솟아오르며 하얀 물체가 튀어 오른다.

고무공처럼 가볍게 튀어오른 건 길고 하얀 털을 가진 몬스터 아이스트롤이었다.

큰돈이 되는 몬스터는 아니었지만 지금 유정상의 입장에선 무척 반가운 녀석들이었다.

이곳저곳에서 튀어나온 놈들의 수는 모두 여섯 마리였다.

레벨을 확인해봤지만 겨우 45레벨.

겨우라고 하기엔 지금까지 만난 몬스터 중 가장 강한 게 축에 들고 그 수도 6마리이긴 했지만, 지금의 유정상의 입장에선 겨우라고 할 수밖에 없는 레벨임에는 틀림없었다.

유정상과 아이스트롤의 레벨은 무려 20이나 차이가 났으니 말이다.

이곳이 눈밭이라 약간의 페널티를 받는다고 해도 전혀 어려울 게 없는 놈들이었다.

마치 누군가가 배려라도 해준 것처럼 딱 필요한 몬스터가 등장한 것이다.

백정이 땅속으로 파고들어갔다.

하늘보다는 그쪽이 싸우기 좋다고 판단한 것이다.

아이스트롤들이 점차 유정상을 향해 다가오고 있었으나 그는 천하태평한 모습이었다.

비록 추위로 인해 100% 제 실력을 발휘하기는 힘들 테지만 그래도 마음은 차분하게 가라앉아 있었다.

"쿠어어어어!"

한 녀석이 자신의 팔에 솟아난 커다란 발톱모양의 칼날을 휘두르며 달려들었다.

퍼엉.

콰지직!

"크우어어어어!"

강렬한 기파가 녀석의 머리에 적중하자마자 터져나가 버렸다. 그리고 머리를 잃은 몸뚱이가 비틀거리더니 눈밭에 털썩 쓰러졌다.

나머지 녀석들이 그 모습을 보고는 움찔하는가 싶더니 곧 유정상을 향해 달려들기 시작했다.

그 순간 바닥에서 하얀 빛이 번쩍번쩍 거린다.

슥삭. 슥삭. 슥삭.

"크워어어어억!"

"콰오우우우우우우!"

몇 놈이 바닥에 넘어졌다.

그 때문에 나머지 녀석들도 달려들던 움직임을 멈추고 당황한 듯 두리번거렸다.

발치에서 엄청난 속도로 움직이는 백정이를 발견하지 못하는 기색이다.

그때 황금검이 허공에서 생성되더니 순식간에 녀석들의 머리를 뚫고 지나간다.

그 한 번의 공격으로 세 마리의 아이스트롤이 바닥에 쓰러졌다.

남은 두 녀석이 다리에 피를 철철 흘리며 도망치기 시작했다.

그러나 녀석들을 곱게 보내줄 수는 없는 일.

다시 황금검이 번개처럼 날아가서 녀석들의 머리를 통과해 버리자 피를 뿜으며 쓰러진다.

하얀 설원에서의 싸움이다보니 사방에 아이스트롤의 피가 뿌려져 주변이 난장판이다.

아이스트롤의 사체 주변에 떨어진 아이템과 1,000골드짜리 골드바들이 보인다.

일반적인 포션이나 클린볼이 대부분이었으나 그 사이에 좀 특이한 것도 있었다.

[이동의 설덧신]
[눈 위를 이동할 때 사용하는 덧신으로 몸을 가볍게 만들고 무게를 분산시키는 기능이 있다.]
[불편한 눈 위 걷기가 평지처럼 편해진다.]

"이거 좋은데?"

유정상이 아이템을 확인하며 감탄하는 사이 백정이 아이스트롤 여섯 마리의 사체를 순식간에 해체해 버렸다.

유정상은 모든 것들을 커서로 빠르게 수거해 인벤토리에 담고는 바로 그곳을 벗어났다.

추위 속에서 싸우는 동안 생명력과 마나가 제법 떨어져 있었던 것이다.

특히 몸을 냉기로부터 보호하기 위해 꽤나 많은 마나가 소모되고 있었던 것이다.

빠른 이동으로 주코가 기다리고 있던 모닥불 근처로 들어오자 온몸에 온기가 돌며 다시 생명력과 마나가 차올랐다.

모닥불 근처에 앉자마자 유정상은 바로 인벤토리를 열어 아이스 트롤의 가죽들을 꺼냈다.

그러자 재봉스킬이 발동한다.

곧바로 우타슈의 마검과 아이스트롤의 뼈를 인벤토리에서 꺼냈다.

그리고는 마검으로 뼈를 깎아 바늘을 만들고 트롤의 심줄을 실처럼 이용해서 바늘구멍에 끼웠다.

마검으로 필요한 가죽을 잘라 빠른 속도로 꿰매기 시작했다.

그리고 몇 분 후 떡하니 완성된 그 옷을 주코에게 내밀었다.

"내거야?"

"그래. 네 것부터 만들었다."

"우오오. 어쩐 일이래. 날 우선시 해주다니."

그렇게 말한 주코가 서둘러 아이스트롤의 가죽옷을 서둘러 입었다.

주코가 입기에는 조금 커서 어울리지는 않았지만 전체적인 디자인은 그런대로 괜찮아서 첫 작품 치고는 나쁘지 않았다.

"이야. 따뜻하다. 고맙다. 주인."

첫 번째 작업으로 경험이 생겼기에 두 번째는 유정상 본인의 몸에 딱 맞는 옷을 만들었다.

로브 바깥으로 감싸면서 입을 수 있는 디자인이지만 체형에 맞게 제작되어서 입은 후에도 모양이 나쁘지 않다.

그 모습을 본 주코의 표정이 일그러졌다.

"나 베타 테스터였냐?"

"헐, 그런 말은 또 어떻게 알았데?"

"흥. 그게 중요한 게 아니잖아. 아무튼 내 말 맞잖아?"

"크음."

주코의 말대로 첫 번째라 실패를 가정하고 만든 건 사실이었으니 일종의 테스트적인 작업이었다는 건 맞는 말이었다.

하지만 겨우 이정도 말빨에 밀릴 수는 없는 법.

"따뜻하며 된 거지. 추워죽겠다던 녀석이 뭘 그렇게 따져?"

"쳇."

주둥이가 잔뜩 튀어나온 주코를 무시하고 아이스트롤의 가죽옷과 털 신발을 착용한 뒤 그 위에 〈이동의 설덧신〉도 신었다. 그리고 안전지대를 벗어나보았다.

안전지대를 벗어나자마자 강력한 바람이 유정상을 덮쳤다.

하지만 이젠 그다지 추위가 느껴지지 않았다.

확실히 이곳에 서식하던 녀석들의 가죽이라 그런지 털의

보온력도 생각 이상으로 뛰어났다.

그보다 더 놀라운 건 설덧신의 기능.

단순한 덧신의 모양이라 크기가 작음에도 몸이 가벼워지며 눈 위를 걸어가는 게 아니라 정말 평지를 걸어가는 것처럼 느껴지자 걸음속도가 빨라졌다.

"이거 엄청 편하네."

"쯧쯧, 나처럼 비행마법을 익혀. 그럼 편하잖아."

주코가 혀를 차며 놀리듯 말했지만 무시하고는 곧바로 안전지대를 벗어난 뒤 커서의 방향을 확인하며 이동했다.

그렇게 이동하는 사이 중간 중간에 아이스트롤과 조우하면 소규모 전투가 벌어졌고, 가죽과 부산물, 그리고 아이템을 얻으며 차근차근 앞으로 나아갔다.

확실히 추위라는 특성 때문인지 만나게 된 몬스터는 아이스트롤이 대부분이었다.

쿠구구구구구.

그런데 이동하는 도중 인근의 설산에서 산사태가 발생했다. 그런데 일반적인 산사태에 비해 규모도 컸고 더군다나 유정상이 움직이는 타이밍에 정확히 쏟아져 내리는 것이 이상하다.

유정상은 이동의 팔찌를 이용해 몸을 날려 언덕으로 피했다. 그리고 머리를 들어 산사태가 시작된 포인트를 찾았다.

그런데 산 위에 보이는 커다란 그림자.

유정상이 집중해 그것을 살펴보니 커다란 눈덩이가 모여 만들어진 모습이다.

아이스 골렘.

공지훈이 데리고 있는 돌거인과는 조금 다른 종류의 골렘으로 재료는 당연히 얼음으로 구성되어 있다.

그냥 단순한 얼음이라면 내구성이 떨어져 그다지 강하다는 인상은 없지만, 상상을 초월하는 이곳의 추위 덕분인지 얼음이 바위 이상의 강도를 지녔다는 게 문제라면 문제였다.

그런데 놈이 유정상이 있는 아래를 잠시 내려다보더니, 몸을 둥글게 말고는 아래로 굴러 내려온다.

쿠르르르르르르.

눈덩이가 빠르게 굴러 내려오더니 역시 예상대로 유정상 쪽을 덮쳤다.

다시 빠르게 몸을 날려 피해 내자 커다란 눈덩이가 폭발하듯 터져나가며 그 안에서 아이스 골렘이 모습을 드러냈다.

공지훈의 스톤골렘에 비해 더 거대한 덩치.

대략 6미터 정도의 거대한 골렘이 붉은 눈을 부라린다.

커서로 살펴본 놈의 레벨은 50.

얼음으로 만들어진 주제에 저렇게 강할 수 있나 싶었지만 백정의 검조차 튕겨나가는 모습을 보니 표면의 강도가 예상보다 뛰어나다는 건 금방 알 수 있었다.

이정도면 이곳 던전에서도 보스급에 속할 정도다.

그러나 그것도 레벨의 격차가 심하면 의미가 없다. 유정 상의 레벨은 이미 65에 이르니까.

콰가가가가가가강.

"우어어어어!"

유정상의 폭격펀치에 전신이 부서져 나가자 놈이 비명을 지른다.

콰가가가가강.

두 번의 폭격펀치로 신체의 절반 정도가 부서져 나갔다.

그런데 바닥에 있는 눈을 흡수하면서 손실된 육체를 **빠**르게 복구하는 아이스 골렘.

"과연. 레벨이 50이나 되는 이유를 알 만해."

아이스 골렘은 몸을 완벽하게 복구하자마자 소리를 지르더니 입에서 강력한 냉기바람을 뿜었다.

콰아아아.

그러나 유정상은 피하지 않고 몸으로 그것을 받아 냈다.

아이템으로 받았던 빙결옥이 어느 정도의 저항력이 있는지 궁금하기도 했고, 이정도의 냉기는 견뎌낼 수 있을 것 같다는 자신감이 들었기 때문이었다.

과연 놈의 냉기바람은 유정상의 몸 근처에서 흩어져 버렸다.

"과연 성능은 괜찮네."

피식 웃은 유정상이 빠르게 점프해 놈의 머리에 일격을 날렸다.

콰아앙.

그리고 그 충격에 머리가 터져 나갔다.

하지만 곧 다리부터 눈들이 흡수되며 머리가 생성되기 시작했다. 그러나 이번에는 시간을 주지 않겠다는 생각으로 오른쪽 다리에 다시 일격을 날렸다.

콰앙.

놈이 비틀거리더니 눈밭에 쓰러지고 말았다.

하지만 여전히 부서진 몸의 복구는 계속 진행되고 있었다.

녀석의 복구 능력을 확인해보기 위해 다시 폭격펀치를 놈의 몸 위에 퍼부었다.

콰가가가가가가.

놈이 몸이 다시 부서져 나가기 시작했다.

두 번의 폭격펀치를 더 날리자 산산조각이 나 버린 아이스 골렘.

그러나 놈의 얼음 파편들이 부르르 떨더니 서로를 향해 모여들기 시작했다.

이 추위가 있는 한 저 복구능력은 한계가 없을지도 모르겠다는 느낌이 들 정도였다.

그때 유정상은 드레이크를 소환했다.

빛을 뿌리며 하늘에서 나타나 빠르게 하강하는 드레이크의 모습이 보인다.

"화염브레스!"

유정상의 외침에 드레이크가 아가리를 쩍 하니 크게 벌리자 입속에 불기운이 생성되더니 이내 강력한 화염브레스가 발사되었다.

콰아아아아아아.

커다란 불덩이가 바닥으로 떨어졌고, 그것이 조각난 아이스 골렘의 파편 위를 강타했다.

활활.

엄청난 열기의 화염이 그곳을 완전히 뒤덮어 버렸다.

얼음조각들이 이내 녹아내리기 시작했고, 그와 동시에 엄청난 수증기가 발생하며 주변에 있던 모든 눈과 얼음들이 삽시간에 증발해 버렸다.

마침내 아이스 골렘의 기운이 사라지며 그 자리에 귀환석과 함께 마정석도 생겨났다.

미국도 마정석이 외국으로 유출되지 못하도록 국가적으로 관리하고 있었지만, 유정상에게는 해당사항이 없었다.

곧바로 마정석을 인벤토리에 넣은 유정상은 아이스 골렘이 있던 자리에 생겨난 아이템들을 확인했다.

골드바와 각종 잡템들.

그것들을 모두 인벤토리에 담은 유정상이 얼른 드레이크를 소환 취소 시켰다.

이곳의 극한 추위를 견디는 것만으로도 드레이크의 에너지 소모가 많은 탓에 소환을 유지하는 것만으로 유정상의 마나소모가 더욱 극심해졌던 탓이다.

그렇게 아이스 골렘을 처리하고 다시 이동을 계속했다.

❖ ❖ ❖

우라노스 던전 앞에선 몇 명의 각성자들이 모여 있었다.

"블랙로브가 들어갔다고?"

붉은 머리칼의 백인 사내 이반 다비드가 디아나에게 묻자 그녀가 고개를 끄덕였다.

"네."

"어째서 그가 가이아가 아닌 우라노스 던전으로 들어간 거지?"

"가이아요?"

디아나가 고개를 갸웃거리며 묻자 이반은 고개를 가로저었다.

"아무것도 아니야."

"……?"

"그나저나 블랙로브가 어째서 이곳으로 간 거지?"

잠시 미간을 찌푸리던 이반이 생각에 잠겼다.

정부요원의 말에 따르면, 인근에 있는 가이아 던전의 일을 해결하기 위해 블랙로브에게 의뢰를 넣었고, 이를 수락

한 그가 뉴욕에 도착했다고 했다.

다만 아직 그를 직접 만나지 못한 관계로 가이아 던전의 상황을 전달하지 못했다고 했었다.

그런데 공교롭게도 가이아 던전 인근에 있는 우라노스 던전이라니.

지금은 가이아 던전의 문제가 더욱 시급했지만, 실제론 두 던전 모두 이상 현상을 일으키고 있는 곳이었다.

현재 우라노스 던전의 경우에는 환경이 갑작스럽게 극악의 냉기로 변하며 헌터들의 출입이 어려운 상황이었고, 가이아는 이와 반대로 온도가 급격히 상승하고 있었다.

한날한시에 생성된 두 던전은 동일한 등급에 비슷한 환경, 그리고 인근에 위치하고 있다는 특징 때문에 한쪽을 가이아로, 다른 쪽을 우라노스로 명명하고 있었는데, 어찌된 일인지 지금은 정반대의 성질로 변해 버린 것이다.

이반이 고민을 하고 있던 그때, 그의 인근에 한 대의 헬기가 날아오는 게 보였다.

이내 착륙한 헬기에서 내려 그에게 다가오는 한 여성.

긴 백발에 육감적인 몸매가 훤히 드러나 보이는 검은 가죽옷을 입은 그녀는 특이하게도 두 눈을 검은 붕대로 감아 놓고 있었다.

그 모습은 온몸에서 흘러나오는 신비로운 기운을 더욱 강하게 느껴지게 만들었다.

그녀의 이름은 옥타비아 모네.

'심안' 이라는 특별한 능력을 지닌 2급 각성자였다.

"블랙로브가 이곳에 있다는 건가요?"

"네."

옥타비아의 물음에 디아나가 긴장한 얼굴로 대답했다.

미국에 단 세 명뿐인 2급 각성자인데다가, 그녀가 가진 특별한 능력 때문에 미국에 단 한 명뿐인 1급 각성자와 대등한 대우를 받고 있는 여자였으니 당연한 일이었다.

"흐음."

옥타비아가 잠시 자신의 턱을 손가락으로 톡톡 두드리더니 이내 고개를 끄덕이며 말했다.

"그가 이곳에 있는 건 필연이군요."

"네?"

"우리의 요청을 해결하기 위해선 필요한 과정이에요."

"어째서 그렇습니까?"

"저도 정확한 것은 보이지 않아서 자세히 알지 못하지만, 분명한 건 아무리 해결의 실마리를 가진 블랙로브라 해도 우리의 요청대로 곧바로 가이아로 향했다면 결국은 실패했을 거예요."

옥타비아의 말에 이반과 디아나는 쉽게 수긍할 수가 없었다.

그러나 그녀는 심안을 가지고 있는 2급의 각성자.

그녀의 말은 거의 절대적이라 할 만큼 모든 이야기가 맞아떨어졌다.

다만 간혹 수수께끼 같은 말을 하거나 순서 없이 하는 이
야기 때문에 쉽게 이해하는 건 힘든 경우가 많았지만, 종국
에는 그녀의 말이 옳았음을 알게 됐다.

　그렇기에 지금의 경우 역시 쉽게 이해할 수 없는 말을 하
고 있었지만, 두 사람은 굳이 그 뜻을 이해하고 답을 찾기
위한 노력을 하지 않았다.

❖　❖　❖

　부우웅.

　콰가강.

　7미터 급의 거대 몬스터 자이언트 예티가 거대한 몽둥이
를 마구 휘둘렀다.

　유정상은 그 사이를 빠르게 움직이며 놈의 턱에 기파를
날렸다.

　퍼퍼펑!

　"카오오오!"

　자이언트 예티의 목이 뒤로 꺾이며 휘청거린다.

　슥삭슥삭.

　"크아우!"

　백정이 빠르게 놈의 주변을 비행하며 칼질을 해대자 비
명을 질렀다.

　그리고 동시에 황금검이 놈의 목을 관통해 버렸다.

그러자 놈이 피를 토하며 거대한 몸을 바닥에 떨어뜨렸다.

쿠웅.

50레벨 급의 자이언트 예티를 벌써 세 마리나 쓰러뜨렸다.

그사이 유정상도 레벨이 두 개나 올라 67이 되었다.

백정과 주코도 나름 활약한 덕분에 각각 48과 45레벨로 상승했다.

또한 중간 중간에 얻은 아이템이 적지 않다.

그중에서도 가장 특이한 건 '마법썰매' 였다.

크기는 그다지 크지 않지만 눈밭을 이동하는 데 굉장히 편리한 물건이었다.

마치 현대의 스노모빌처럼 눈밭을 거침없이 이동했지만, 운전대 없이 그저 의지만으로 이동하는 특별한 물건이었다.

아무리 신발이 편해졌다고는 해도 계속 걷는 건 귀찮은 일이었고, 앞으로 얼마나 더 걸어야 할지 알 수 없는 상황에서 큰 도움이 될 것 같았다.

그사이 백정이 놈의 몸을 해체하자 그것들을 다시 인벤토리에 담았다.

"이곳에 들어온 지도 꽤 지나지 않았나?"

유정상이 디스플레이를 확인해보니 20시간 정도가 흘렀다.

잠시 휴식을 취하자는 생각에 활력의 불꽃을 꺼냈다.

그러고 보니 그동안 인벤토리에 쌓인 활력의 불꽃이 상당했다.

드문드문 던전에 만들어 두기는 했지만 던전에서 지낸 시간이 24시간을 넘길 때마다 하나씩 생성되는 덕분에 벌써 40개가 넘게 쌓여 있었다.

어쨌든 활력의 불꽃을 꺼내 다시 안전지대를 만들고는 바닥에 모포를 깔아 휴식에 들어갔다.

아무리 클린볼과 포션을 사용한다고 하더라도 조금씩 휴식을 취해 두는 게 중요했다.

모닥불 근처에 누워 있는데 안전지대 밖으로 아이스트롤과 설랑들이 돌아다니는 게 보인다.

그렇게 피곤한 몸을 이끌고 잠시 눈을 붙였다.

그런데 10여 분쯤 흘렀을까.

이상한 진동이 감지되었다.

미세한 진동이라 무시할 수도 있었지만 뭔가 꺼림칙한 기분이 들어 잠에서 깨고 말았다.

눈을 뜨고 몸을 일으키자 곁에 앉아 있던 주코가 고개를 갸웃거렸다.

"주인. 왜 그러냐?"

"방금 못 느꼈어?"

"뭘?"

"미세한 떨림 말이야."

"떨림?"

표정을 보아하니 주코는 아무것도 못 느낀 모양이었다.

백정 역시도 유정상의 말에 고개만 갸웃거린다.

"삐이?"

"나만 느낀 건가?"

"뭔데, 뭔데?"

호들갑스런 주코의 반응을 무시하고 몸을 마저 일으킨 유정상은 주변을 정리한 뒤 다시 이동을 준비했다.

아무래도 그다지 멀지 않은 거리에 목적지가 있을 것 같은 기분이 들었다.

그리고 커서가 가리키는 곳을 확인하니 역시 미세한 진동에 이상한 느낌이 전해졌던 곳과 동일한 방향이었다.

유정상은 바로 인벤토리에서 마법썰매를 꺼내 그것을 타고 움직이기 시작했다.

백정과 주코도 썰매의 뒷자리에 나란히 기대앉아서 모처럼 모두가 편하게 이동했다.

"이거 좋다. 주인."

"삐이이."

어린애 같은 녀석들이라 그저 신나기만 할 뿐이다.

그렇게 한참을 이동한 뒤 언덕에 도착한 썰매가 멈춰 섰다.

목표한 곳으로 다가갈수록 거센 눈보라가 몰아치고 기온도 더 떨어진다는 걸 느낄 수 있었다.

그 때문에 언덕 아래로 시야가 확보되지 않는다.

"으앗, 너무 춥다. 주인. 그 미친 마녀가 뭔 짓을 하고 있는 거야?"

주코는 미리 준비해 둔 아이스트롤의 가죽을 한 장 더 뒤집어쓰며 투덜거리고 있었다.

유정상은 그런 투덜이를 뒤로하고는 썰매에서 내려서서 언덕 아래를 확인했다.

뭔가 강력한 마나의 흐름이 유정상에게는 느껴지고 있었다.

그 느낌만으로 클레오라는 마녀가 아주 가까이 있다는 것을 알 수 있었다.

썰매를 타고 아래로 이동하면 발각이 될 우려가 있다는 생각에 은신 스킬을 시전한 채로 빠르게 내려갔다.

백정도 눈 속으로 파고들어갔고 주코도 두꺼운 아이스트롤의 가죽을 겹으로 뒤집어 쓴 채로 은신 마법을 써서 유정상을 따라 낮은 높이로 비행했다.

휘아아아아아.

엄청난 바람이 유정상의 몸을 흔든다.

주변엔 나무들이 죄다 밑동만 남아 있다. 그리고 나무가 뿌리째 뽑혀 나간 것처럼 땅이 움푹 파인 곳도 간간이 보였다.

위쪽을 바라보니 강렬한 회오리 구름이 공중에서 눈보라를 일으키고 있었다.

그리고 그 바람의 방향이 한곳을 향하고 있다는 것을 확인했다.

아무래도 저 바람의 방향과 커서의 방향이 일치하는 걸로 봐서는 차원의 틈을 향해가는 것 같았다.

그런데 그때 갑자기 하늘에서 뭔가가 빠르게 떨어졌다.

콰아앙.

커서 방패가 갑자기 떨어져 내린 정체불명의 물체를 막아내자 방패 주위로 거대한 얼음조각들이 우수수 떨어져 내린다.

유정상은 그제야 그것이 자신을 노리고 날아든 공격이라는 것을 알 수 있었다.

연달아 떨어지는 물체.

자세히 보니 그것은 아랫부분이 뾰족한 고드름처럼 보이는 거대한 얼음덩어리였다.

콰아앙.

다시 커서 방패가 그것을 막아냈다.

유정상은 주변으로 눈동자를 굴리며 이 공격의 주체를 찾기 시작했다.

그러는 사이 다음 얼음이 떨어져 내렸지만 이번에도 방패에 의해 막혀 버렸다.

- 네놈은 누구냐?

머릿속에서 울리는 젊은 여자의 음성.

위치를 알아채지 못하도록 마법을 사용하고 있다는 것을 알 수 있었다.

하지만 그녀의 그런 노력도 마법에 민감한 주코 때문에 물거품이 되었다.

"저쪽에서 마력이 느껴진다. 주인."

은신 마법으로 몸을 숨기며 유정상 곁에 있던 주코가 한쪽을 손가락으로 가리키며 말했다.

하지만 회색의 연기인지 눈보라인지 모를 것들로 인해 잘 보이지는 않았다.

하지만 자신의 위치가 파악된 것 때문인지 여자의 목소리가 더 거칠어졌다.

- 쥐새끼가 거기도 있었군. 역시 네 녀석들은 마족 놈들의 잔당이었구나.

주코의 모습이 드러나자마자 갑자기 분노에 찬 음성이 울리더니 갑자기 대형 얼음덩어리가 하늘에서 마구 떨어지기 시작했다.

쾅. 쾅. 쾅. 쾅.

마치 대형 우박처럼 떨어지기 시작하던 거대 얼음들을 방패가 착실하게 막아냈다. 그런 방패 아래에서 유정상이 주코가 가리킨 방향으로 빠르게 이동해갔다.

그러자 그 방향에서 커다란 얼음 창들이 날아들었다.

휘이익.

탕. 탕. 탕.

유정상은 주먹의 기파를 날려 정면으로 날아드는 것들은 모두 부숴 버렸다.

그럼에도 얼음 창의 숫자는 계속해서 늘어났다.

계속 날아드는 얼음 창을 쳐내고 있었지만 상대는 여전히 회색안개에 쌓여 보이지 않는다.

그런데 그때였다.

슥삭. 슥삭.

"꺄아아아악!"

여자의 비명소리와 함께 회색의 안개가 걷혀나갔다.

백정이 눈 속에서 습격을 한 모양이었다.

곧바로 여자의 호통소리가 들렸다.

"이 놈!"

번쩍.

"삐이이이!"

유정상이 빠르게 다가가자 백정이 마녀의 마법에 당했는지 바닥을 구르는 모습이 눈에 들어왔다.

다행히 미리 사용했던 빙결옥 덕분에 빙계 마법에 대한 내성이 올라간 덕분인지 처음 공격은 그럭저럭 버틴 모양이었다.

순백의 마녀 모자를 눌러쓴 여자가 손에 쥐고 있던 지팡이를 백정에게 뻗자 다시 커다란 창 모양의 얼음덩어리가 생성되어 날아갔다.

유정상이 빠르게 주먹기파를 날려 그것을 쳐냈다.

퍼엉.

그 얼음 창이 공중에서 폭발해 버리며 수많은 파편을 만들어내자 마녀 클레오가 놀란 표정으로 유정상 쪽으로 시선을 돌렸다.

그리고는 자신의 지팡이를 다시 휘두른다.

번쩍.

쿠르르르르르르.

갑자기 땅이 울리더니 눈 속에서 하얀 털로 뒤덮인 괴물이 튀어나왔다.

"카오오오오!"

두 개의 머리가 달린 5미터 급의 괴수가 포효했다.

한쪽은 날카로운 이빨을 가진 하얀 늑대가, 다른 한쪽은 큰 뿔을 가진 산양머리가 달려 있는 상당히 독특한 모양의 몬스터였다.

거기다 마치 설인처럼 직립 이족 보행이 가능한 것처럼 보였고, 양 손에는 검은색의 크고 날카로운 손톱이 달려 있었다.

놈이 유정상을 향해 달려들면서 단번에 찢어발기겠다는 듯 거칠게 손을 휘둘렀다.

챙.

방패가 다시 황금검으로 바뀌며 놈의 공격을 쳐냈다.

허공에 갑자기 나타나 공격을 막아 낸 황금검 때문에 잠시 당황한 기색이 엿보였으나, 놈은 이내 유정상을 향해 덤벼들었다.

하지만 이번에도 황금검이 괴물을 막아서더니 동시에 우타슈의 검술을 펼쳤다.

팟.

"카아아!"

검에 의해 어깨가 찢겨 나가며 피가 튀었고, 고통에 날카로운 비명을 내질렀다.

콰앙.

주먹기파가 오른쪽 무릎에 작렬하자 우두둑하는 소리와 함께 균형을 잃고 주저앉아 버렸다.

"카우아아아!"

놈이 쓰러지자 마녀가 다시 지팡이를 빠르게 움직였다.

머리 두 개의 몬스터 몸이 곧 얼음으로 변하더니 땅속으로 스며든다.

그러자 눈 속에서 수백여 기의 얼음 스켈레톤이 벌떡 일어섰다.

녀석들은 얼음으로 된 검과 창, 그리고 방패로 무장되어 있었다.

하지만 다수의 녀석들이 딱 공격하기 좋게 모여 있었기에 유정상은 곧바로 폭격펀치를 시전했다.

콰가가가가가가가가가

단 한 번의 공격으로 순식간에 50기의 얼음 스켈레톤들이 박살이 나 버렸다.

"어, 어떻게 이런……."

앳된 얼굴의 마녀 클레오가 질렸다는 표정으로 입술을 부르르 떨었다.

그리고 날카로운 눈으로 유정상을 노려보았다.

그런 와중에도 두 번째 폭격펀치가 아래로 떨어져 내렸고, 거의 절반에 가까운 얼음 스켈레톤들이 파괴되어 버렸다.

분노한 마녀가 지팡이를 유정상에게 뻗자 이번에는 공중에 떠 있던 회오리 구름에서 엄청난 에너지가 뭉치더니 눈보라가 멈추었다. 그리고 곧이어 유정상을 향해 수많은 얼음조각들을 뿌리기 시작했다.

투투투투투투

황금검이 방패로 변하며 수박만 한 얼음 조각들이 쏟아지는 걸 모두 막아 냈다.

하지만 얼음 크기가 그리 크지 않음에도 그 수가 수백, 수천에 이르다 보니 방패가 점차 뒤로 밀려나가기 시작했다.

투투투투투투

그런데 그때였다.

산사태 여러 개가 동시에 나기라도 했는지 대지가 울리는 듯한 거대한 소리가 들려왔다.

쿠르르릉 쿠르르르르

"이, 이런!"

마녀가 경악스러운 음성으로 소리치더니 지팡이를 다시 휘두르자 하늘에서 쏟아지던 얼음공격이 멈추었다. 그와 동시에 다시 회색의 회오리 구름에서 강렬한 눈보라가 발생하기 시작했다.

그런데 순간 멀리서 폭발음이 들려왔다.

그 소리를 들은 마녀가 낭패한 얼굴이 되어 눈을 부릅뜨더니 이내 공중으로 몸을 날렸다.

유정상도 뭔가 심상치 않음을 느끼고는 곧바로 드레이크를 소환했다.

공중에서 빛을 뿌리며 소환된 드레이크에 이동의 팔찌를 이용해 올라탄 유정상은 마녀의 뒤를 추적하기 시작했다.

마녀 클레오는 뒤를 쫓는 유정상을 신경 쓰지도 않고 빠르게 이동해갔다.

그리고 곧 공중에서 멈춘 그녀가 아래를 바라보며 경악했다.

그녀를 따르던 유정상도 드레이크를 공중에서 멈춰 세웠다.

아래를 내려다보니 한눈에는 다 세지도 못할 정도로 엄청 많은 숫자의 몬스터들이 어딘가에서 쏟아져 나오고 있었다.

"차원의 틈이다. 주인."

어느새 따라온 주코가 유정상에게 말했다.

공중에 떠 있던 마녀가 그놈들을 향해 지팡이를 휘두르자 아까 유정상을 공격하던 그 고드름 모양의 얼음덩이들이 몬스터들에게 쏟아져 내렸다.

그러자 일부는 그 공격에 쓰러지기도 했지만 대부분 그것을 피해내거나 막아내고 있었다. 그와 동시에 마녀를 노리고 하늘로 날아오르는 박쥐날개의 몬스터들도 보였다.

그러자 다시 그녀가 알 수 없는 언어로 중얼거린다.

곧 그녀 주위에 생성되는 몇 개의 푸른빛.

그것들이 마법진을 그리며 그곳에서 반투명의 아이스 이글들이 튀어나오기 시작했다.

파파팟.

힘차게 날갯짓을 하며 상대몬스터를 향해 날아간다.

순식간에 허공에서 검은색 박쥐모양의 몬스터들과 반투명 아이스 이글들이 서로 얽힌다.

"카오오오!"

"휘이이이!"

몇 마리의 검은 몬스터들이 아래로 떨어지는 게 보이기는 했지만 역시 반투명의 독수리들의 숫자가 더 빠르게 줄어든다. 그리고 싸움을 시작한 지 얼마 되지 않았음에도 금방 전멸을 당해 버렸다.

마녀가 당혹스럽다는 표정을 지었다.

그런 와중에 모든 정황을 살피던 유정상이 드레이크를 조종해서 검은색의 비행 몬스터 쪽으로 이동했다.

주코가 박쥐모양의 몬스터를 보며 말했다.

"주인. 베탄이라는 놈이다. 발톱과 이빨엔 독이 있다."

베탄들이 마녀 쪽으로 이동하려다 빠르게 접근하는 드레이크를 확인하고는 방향을 다시 바꾼다.

얼핏 봐도 100여 마리에 가깝다.

놈들이 날카로운 이빨을 드러내며 공격하려 했지만 그보다 드레이크가 아가리를 크게 벌리는 게 더 빠르다.

콰아아아아아아.

드레이크의 입에서 거대한 화염 브레스가 발사되었다. 그리고 그 짧은 순간에 주코가 날아가는 브레스에다 증폭 마법을 걸자 화염의 크기가 더욱 거대하게 변했다. 그리고 베탄들을 덮친다.

빠른 비행으로 많은 수가 피해냈지만, 그 화염에 휩쓸린 수십 마리는 검게 타 버리며 바닥으로 추락했다.

하지만 대부분의 베탄들이 드레이크를 향해 빠르게 접근했다.

주코는 놈들에게 저주를 걸고 백정도 빛의 쌍검을 이용해 놈들의 날개를 잘라 버린다.

유정상도 펀치모양의 에너지 기파를 날리며 공격하자 낙엽처럼 우수수 떨어져 내렸다.

그 모습을 본 마녀 클레오가 다시 아이스 이글들을 소환하기 시작했다. 이번에는 유정상과 드레이크를 도와 놈들과 싸우기 시작했다.

유정상이 마족 놈들을 공격했기에 적은 아니라고 판단한 모양이었다.

그런 그녀의 모습을 힐끗 본 유정상이 다시 놈들과의 싸움에 열중했다.

그렇게 놈들의 수를 차근차근 줄여 가는데 아래에서 창들이 날아온다.

아래엔 어느새 숫자가 더 늘어 있었다.

특히나 사이사이에 보이는 검은색의 거대한 괴물들이 유정상을 향해 검은 독침들을 뿌렸다.

드레이크가 화염 브레스로 그들을 불태웠지만 이런 식으로 싸우면 얼마 버티지 못한다.

곧이어 유정상이 군주 포인트를 확인했다.

[군주 포인트는 모두 2,480점입니다.]
[포인트 모두를 사용하시겠습니까?]

"모두 사용해서 정해진 걸로 소환하겠다."

유정상의 말이 떨어지자 아래에서 빛을 뿌리며 순식간에 수백의 소환수들이 생겨났다.

비록 추위에 약한 몬스터들이었지만 지금은 그런 것을 따질 상황이 아니었다.

수백의 소환수들이 마계 몬스터들 앞에 나타나서는 진영을 갖추고 싸우기 시작했다.

놈들에 비해 숫자가 적으니 막무가내로 소환시키게 되면 오히려 불리하게 된다.

하지만 다른 소환수들과 달리 자이언트 웜들은 놈들 사이에 생성시켰다.

자이언트 웜들이 주변에 깔려 있던 몬스터들에게 달려들었다. 두세 마리씩 마구 삼키기 시작하자 놈들이 자이언트 웜에게 창을 던진다.

그렇게 20여 마리의 자이언트 웜들이 난동을 부리며 놈들을 흩어놓는 사이 10여 기의 네피림들도 놈들 사이에 있는 거대 몬스터와 얽혀 싸운다.

숫자가 제일 많은 드루이드들은 그나마 상황에 맞춰 추위에 강한 성질의 몬스터로 변화해 놈들을 공격했다. 주술사형 드루이드들의 도움이 곁들여지자 소환수들은 압도적인 숫자의 놈들과도 대등하게 싸우기 시작했다.

하지만 적들의 숫자가 계속 늘어나는 이상, 이렇게 마냥 전투를 지속하고 있을 수만은 없다.

곧바로 드레이크에서 몸을 날린 유정상이 바닥으로 착지했다.

그리고 은신술을 사용해 싸움을 피하며 빠르게 움직여서 차원의 틈 근처에 다다랐다.

그 와중에도 계속해서 차원의 틈을 넘어오는 많은 숫자의 마계 몬스터들.

유정상은 정신없이 싸우는 소환수들 중 자이언트 웜

몇 마리를 불러들였다.

그러자 곧바로 땅속으로 파고들어가 버리는 자이언트 웜들.

주변에 너무 많은 몬스터들로 인해 직선이동이 어려웠기 때문에 차선책으로 선택한 방법이었다. 그리고 곧이어 유정상의 근처에서 땅을 뚫고 위로 나온다.

모두 네 마리의 자이언트 웜들에게 차원의 균열 입구에서 쉴 틈 없이 튀어나오는 마계 몬스터들을 사냥함과 동시에 입구를 틀어막으라는 지시를 내렸다.

틈 자체는 그리 크지 않았지만 균열이 사방으로 뻗어 있는 상태라 이대로는 계속 커질 수밖에 없는 상황이었기에 일단 몸으로라도 입구를 막고 있어야만 했다.

마계 놈들이 계속 넘어오면서 틈이 활성화된 상태라면 커서 접착제가 제대로 작용하지 않게 된다.

그리고 한 번에 사용할 수 있는 접착제의 양도 제한적이라 넓은 면적에 마구 바를 수도 없는 일이다.

으드득. 으드득.

"카아아아!"

자이언트 웜들이 주변에 있는 놈들을 열심히 집어삼킨다. 충분히 배를 채웠음에도 유정상의 명령 때문에 꽤나 과식을 하고 있는 중이었다.

그리고 주변정리가 어느 정도 됨과 동시에 네 마리가 모두 차원의 틈을 자신들의 몸으로 틀어막는다.

"끼이이이이!"

아무래도 반대편에서 웜들에게 공격하고 있는지 자이언트 웜들이 움찔거리며 고통스러운 비명을 지른다.

하지만 그런 상황에도 불구하고 유정상의 명령에 따라 틈을 막고 있는 몸을 움직이지 않았다.

사태가 급박하자 유정상은 빠르게 주변 정리를 함과 동시에 주변으로 뻗어 있는 균열에 커서를 가져가 접착제를 바르기 시작했다.

그렇게 조금씩 착실하게 차원 균열의 크기를 줄여가는 그때였다.

푸슈슉.

"끼이이이이이이!"

거대한 검은 칼날 여러 개가 한꺼번에 자이언트 웜의 몸을 꿰뚫고 튀어나왔다. 그 때문에 고통으로 웜들이 비명을 질렀다.

그리고 웜들이 몸이 터져나가기 시작했다. 그리고 생명을 다했는지 소환 취소가 되어 버렸다.

쿵. 쿵. 쿵. 쿵.

붉은색의 괴물 두 마리가 입구에서 나오기 시작했다.

높이는 대략 5미터 정도였지만 이상하리만치 비대한 근육질의 몸매였다. 그리고 머리는 없었지만 얼굴이 가슴에 있는 놈이었다.

한 놈은 손에 거대한 창을 들고 있었고 다른 한 놈은

도를 쥐고 있다.

그 두 마리의 몬스터가 모습을 드러내자 유정상 곁으로 다가온 주코가 미간을 찡그리며 소리쳤다.

"칸조와 칸바다! 저놈들은 칼리오프의 친위대야! 젠장. 칼리오프가 온 거라고!"

놈들이 자이언트 웜을 뚫고 나오는 바람에 다시 차원의 균열이 열려서 몬스터들이 뒤따라 나오기 시작했다.

빨리 구멍을 막아야하는데 두 놈이 앞을 막고 있으니 쉽지가 않다.

도를 들고 있던 칸조가 유정상을 향해 느긋하게 걸어왔다. 그리고 유정상을 내려다보더니 곧바로 그 거대한 칼로 내려친다.

부우웅.

챙.

그러나 커서의 황금검에 의해 가로막혀 버렸다.

그리고 이어서 황금검은 놈의 검을 밀어내더니 우타슈의 검술로 놈을 몰아붙였다. 그러자 곁에 있던 칸바가 창을 이용해 유정상을 공격했다.

하지만 칸조를 몰아붙이던 황금검이 곧바로 방향을 바꿔 칸바의 창을 막아낸다.

그리고는 검은 두 놈을 동시에 상대하기 시작했다.

그러는 사이 놈들 뒤쪽에서 3미터 정도 크기의 검은 그림자가 조용히 모습을 드러냈다.

전신은 어두운 회색이었고, 도마뱀을 닮은 얼굴 형태에 8개의 눈, 그리고 네 개의 휘어진 뿔, 그리고 뾰족한 가시 같은 것이 사방으로 솟은 피부를 가진 놈으로 피부 자체가 갑옷인 느낌의 괴물이었다.

"칼리오프야. 놈이 보스라고!"

주코가 일그러진 얼굴로 소리쳤다.

황금검은 이미 두 놈과 상대하고 있는 중이었기에 유정 상의 정신력 일부가 소모되고 있는 상태. 그런데 놈들의 보스까지 등장해 버렸다.

한 놈이라면 모를까 이렇게 여러 놈을 동시에 상대하는 것은 익숙하지 않은데, 설상가상 차원의 틈에선 마계의 몬스터들이 계속 쏟아져 나오고 있다.

그때 막대한 냉기마법이 차원의 틈을 향해 날아들었다.

번쩍.

그리고는 입구의 일부가 얼어붙으며 동시에 그곳을 빠져나오던 마계의 몬스터 중 몇 마리가 얼어붙었다.

유정상이 시선을 돌렸다.

빙결의 마녀 클레오의 손에서 마력이 뿜어지고 있었다.

차원의 틈을 막은 것이 바로 그녀가 날린 냉기마법이라는 사실을 확인하고는 일단 다른 곳에 대한 생각은 버렸다. 지금은 저 칼리오프라는 두목 녀석에게 집중해야만 했다.

그런데 놈은 두 놈을 상대하고 있는 황금검과 유정상을 번갈아 바라보며 그저 가만히 있을 뿐이다. 자신감 때문인지 굳이 자신이 직접 나서려는 모습이 아니었는데 유정상으로서는 굴러들어온 복을 마다할리는 없다.

놈이 움직이지 않는다는 걸 확인하고 유정상은 홀로 힘겹게 두 놈을 상대하고 있던 황금검의 싸움에 끼어들었다.

칼리오프라는 녀석이 지금 무슨 생각을 하는지는 몰라도 일단 유리한 상황은 충분히 이용해줘야 하는 법이다.

유정상이 빠르게 칸조와 칸바를 동시에 상대하는 황금검의 싸움에 끼어들었다.

사실 황금검은 빠르고 강하기는 하지만 결국 검술의 형태로 움직이니 한 놈씩 상대하는 것에 최적화 되어 있었기에 동시에 두 놈을 상대하기엔 버거운 느낌이었다.

그런 와중에 유정상이 끼어들자 분위기가 급변했다.

아무리 황금검이 레벨업을 통해 강해졌다고는 해도 본체인 유정상을 능가할 수는 없는 법.

콰가가가가가가.

기습적인 유정상의 폭격펀치에 당한 칸바가 창을 제대로 휘두르지 못하고 주춤거렸다.

정통으로 백여 발의 폭격펀치가 들어갔음에도 놈은 그저 주춤거리기만 할 뿐 큰 타격은 주지 못했다. 그저 녀석의 발을 잠시 동안 묶어두었을 뿐이다.

하지만 그것만으로도 유정상의 정신력 일부를 사용하는 황금검은 그 틈에 칸조를 밀어붙이기 시작했다.

칼과 칼의 대결이기는 했지만 황금검은 상대의 수가 하나로 줄어들었기에 검술과 실력의 압도적인 차이를 보여주면서 거세게 밀어붙였다.

그 상태에서 유정상도 쉬지 않고 칸바에게 공격을 가했다.

폭격펀치 몇 방으로 일단 정신을 빼놓고는 빠르게 파고들자 놈이 엉겁결에 창을 불쑥 내밀었다.

하지만 그 공격도 반사적으로 피해낸 유정상은 바로 스파크를 일으키던 주먹기파를 날렸다.

퍼엉.

"쿠아아아아! '

놈의 오른쪽 허벅지를 가격하자 놈이 비명을 지르며 휘청거렸다.

그 상태에서 다시 두 번째 펀치를 날리자 검은 물체 수십여 개가 주변에서 날아들었다.

몸을 뒤로 꺾어 절반정도를 피해내고는 다시 주먹기파로 나머지를 쳐냈지만 몇 개는 놓쳤다. 그 상태에서 유정상에게 날아들자 커서 방패가 생겨나며 유정상 앞을 가로막았다.

터터터팅.

덕분에 칸조를 몰아붙이던 황금검도 사라지고 말았다.

전혀 싸움에 끼어들 것 같이 보이지 않던 칼리오프가 칸바가 위험에 처하자 싸움에 관여한 것이다.

'놈에게 신사적인 매너를 바란 건 아니지만 너무 싸움에 몰두하다 보니 잠깐 잊었네, 나도 참.'

목숨을 건 싸움에서 잠깐 동안이지만 싸움의 재미에 빠져 있었다는 사실에 어이없어하며 스스로를 질책했다. 그리고는 곧바로 쓴웃음을 짓고는 다시 싸움에 돌입했다.

방패는 다시 황금검으로 변했고 칸조에게 다시 이동하며 공격을 시작했다. 황금검과 칸조의 도가 다시 맞부딪쳤고, 유정상도 정신을 가다듬고 칸바에게 공격해 들어갔다.

하지만 이번엔 칼리오프가 다시 공격해올 것은 염두에 둘 수밖에 없는 상황.

아까보다는 좀 더 신경이 쓰여 싸움에 몰입하는 게 쉽지 않다.

그런데 그때 새로운 메시지가 떠올랐다.


[하급 천사 미르엘이 지원을 위해 워프요청을 해왔습니다.]

[그녀의 지원을 받아들이겠습니까?]


"……?"

순간 무슨 뜻인지 제대로 인지하지도 못한 채 그냥 그것을 받아들이기로 결정해 버렸다.

당장은 누구의 지원이든지 절실하게 필요한 상황이기는 했기에 유정상은 고양이 손이라도 빌리고 싶은 심정이었다.

"좋아."

번쩍.

"우리가 왔어요오오!"

미르엘 특유의 음성과 함께 하늘에서 하얀 빛이 뿜어졌다. 그리고 동시에 미르엘과 샤잉족 100여 마리가 생성되더니 빠르게 활강하며 칸조와 칸바를 향해 몰아쳤다.

쿠가가강.

샤잉족의 깃털공격과 동시에 날개를 퍼덕이는 미르엘이 하얀 창을 회전시키며 칸조, 칸바 두 놈에게 공격해 들어갔다.

순간적으로 버겁게 느껴지던 싸움에 한껏 여유가 생기는 기분이다.

황금검은 곧바로 유정상에게 복귀했고 동시에 유정상은 칼리오프에게 도약해 들어갔다.

휘아아아아.

공중에서 양팔을 겹치고 몸을 비틀면서 최대한 에너지를 모은 유정상이 칼리오프를 향해 주먹을 내질렀다.

놈이 가진 여덟 개 눈이 동시에 커지더니 전신의 갑옷처럼 퍼져있던 피부가 이동하며 마치 방패처럼 그 정면에 보호막을 생성시켰다.

콰아아아아앙.

그 충격에 갑옷피부 일부가 찢어지며 검은 액체를 뿌린다.

최소한의 피해로 막아낸 것이다.

하지만 어차피 한 번으로 끝낼 생각이 없던 유정상이 다시 폭격펀치를 시전하자 다시 놈에게 쏟아져 내리는 기파들.

콰가가가가.

놈이 그것을 묵묵히 견디는 그 와중에 황금검도 놈을 향해 빠른 속도로 날아갔다.

그러자 칼리오프의 피부가 갈라지더니 그곳에서 검은 탄두 같은 것이 쏟아져 나왔다.

그리고 그 검은 탄두들은 놈을 향해 날아가는 황금검을 요격하기 위해서 움직였다.

검이 그것들을 요리조리 피해가며 놈에게 달려들었지만 놈은 그 사이에 자신의 손에 생성된 거대한 도를 이용해 쳐낸다.

타앙.

놈의 피부 속에서 등장한 검은색의 탄.

아까 유정상이 갑자기 습격당한 그 공격의 정체였다.

슬쩍 미르엘의 모습을 보니 엄청난 창술로 두 놈을 동시에 상대하고 있다.

그 사이 샤잉족들의 깃털공격 지원까지 있으니 칸조와 칸바는 연신 밀리는 상황이었다.

유정상은 다시 놈을 향해 달려들었고 황금검도 놈의 머리 쪽을 공격해 들어갔다.

그러자 칼리오프가 몸을 공중으로 날렸다.

그리고 전신에서 다시 검은색 탄을 뿌렸다.

수백여 개의 검은 탄이 유정상에게 몰려들자 이동의 팔찌를 이용해 옆으로 몸을 날렸다.

그러자 그 검은 탄들이 마치 유도탄처럼 직각으로 꺾이며 유정상을 향해 따라붙었다.

유정상은 기파를 날려 그것들의 일부를 제거하며 더욱 빠르게 몸을 움직였다.

그리고 마족무리가 잔뜩 몰려 있는 곳에 뛰어내렸다.

그러자 수백의 검은 탄이 한꺼번에 유정상이 떨어진 그 자리에 쏟아져 내렸다.

파파파파파팡.

"주, 주인!"

주코가 그 모습을 보며 경악해 소리를 질렀다.

검은 탄이 떨어진 자리에 엄청난 연기가 자욱이 피어오르자 주코와 백정이 그곳으로 빠르게 이동해왔다.

그런데 문득 주코가 고개를 갸웃거렸다.

만약 유정상에게 무슨 일이 생겼다면 자신도 뭔가를 느껴야 하는데 특별히 변화를 느끼지 못했으니까.

역시 그 연기가 걷히자 블랙로브 유정상이 거만한 모습으로 서 있는 게 보였다.

그리고 그의 주변에 널려 있는 마계 몬스터들의 사체들.

유정상이 놈의 공격을 일부러 유도해 마계 몬스터들을

처리한 것이었다.

그렇게 100여 마리 이상은 공짜나 다름없이 해치워 버렸다. 덕분에 추가된 놈들 때문에 조금씩 밀리던 소환수들도 다시 힘을 내더니 마계 몬스터들을 몰아붙이기 시작했다.

"역시 사악하구나. 주인."

고개를 절레절레 흔들며 나직이 한숨을 쉬는 주코.

말은 그렇게 하면서도 내심 유정상이 건재한 모습을 보며 안심하고 있었다.

"내가 이따위 공격에 당하면 그동안 내게 당했던 놈들에게 미안하잖아."

뭔가 멋들어진 대사를 날리며 피식 웃어 보인 유정상이 다시 이동의 팔찌를 이용해 몸을 날린다.

"아 전신이 오그라들 것 같다. 저건 또 뭔 개소린지."

주코가 어이없다는 표정으로 몸을 날리는 유정상을 바라보며 중얼거리자 웬일인지 곁에 있던 백정이도 그 말에는 동조한다는 듯이 머리를 끄덕인다.

그리고는 두 녀석은 다시 마계의 몬스터들과 싸움을 시작했다.

주코는 네피림과 자이언트 웜들을 지원했고, 백정은 드루이들 사이에 끼어들어 적들을 조각내기 시작했다.

빙결의 마녀 클레오도 착실하게 입구를 강력한 냉기마법으로 차단하며 자신의 얼음 소환수들을 불러내 완전히 막히지 않은 틈으로 튀어나오는 몬스터들을 처리하고 있었다.

그 와중에 가장 빛나는 싸움은 미르엘이었다.

칸조와 칸바의 현란한 합공을 자신의 하얀색 창을 이용해 주변의 바위들을 움직여 놈들을 방해하며 몰아치는 그녀 특유의 창술은 그야말로 발군이었다.

차차차차창.

보이지도 않을 정도의 빠른 공격을 유유히 막아내는 그녀는 흡사 그 상황을 즐기고 있는 것처럼 연신 입가에 미소를 달고는 빠르게 놈들을 몰아붙였다.

거기다 주변에서 지원하는 샤잉족의 공격도 신경 쓰이고 있는 와중이라 두 놈은 더 이상 미르엘을 감당하기 힘들어 보였다.

그리고 유정상 역시도 칼리오프와의 싸움에 적응해 가며 놈의 공격패턴을 이해하고는 폭격펀치와 강력한 기파를 이용한 공격, 그리고 황금검의 지원을 적절히 활용해서 승기를 잡아가고 있었다.

콰아앙.

놈의 어깨 피부가 떨어져나갔다.

"카오오우우우우!"

그곳에서 검은 피가 사방으로 뿌려진다.

그것을 시작으로 유정상이 더욱 빠른 공격으로 놈을 몰아붙였다.

놈은 검은 피를 줄줄 흘리며 뒤로 물러섰지만 유정상은 쉴 틈 없이 몰아쳐 공격해 들어갔다.

퍼퍼퍼퍼퍼펑.

놈의 뿔 두 개가 부러져 나갔다.

그곳에서 검은 기운이 새어나오더니 흩어져 없어진다.

"쿠오아아아아!"

놈이 비명을 질렀다.

콰가가가가가.

또다시 폭격펀치에 놈의 몸이 바닥에 박혀 들어간다.


[폭격펀치의 스킬이 상승합니다.]

[충격의 버스터펀치가 추가 생성됩니다.]


메시지가 찰나의 순간 머릿속을 스친다.

그것이 떠오르고 사라짐과 동시에 유정상이 스킬을 시전했다.

버스터펀치.

거대한 주먹의 형상이 하늘에서 생성됨과 동시에 빠르게 칼리오프의 머리위로 떨어졌다.

콰아아아아아아앙!

버스터펀치가 정확히 떨어지자 순간적으로 그 주변이 붉은색으로 변했다.

그리고 칼리오프의 머리가 몸속으로 함몰했고 동시에 몸도 주변의 색에 물들어서 붉게 변했다.

콰지지지직.

마치 거대한 바위가 부스러지는 것 같은 소리가 들리는가 싶더니 곧 놈의 몸 사방으로 실금이 뻗어간다.

그리고 그 틈 사이에서 뿜어져 나오는 빛.

놈의 여덟 개의 눈동자가 붉게 변하더니 하나씩 뽑히며 바닥에 후두둑 떨어졌다.

그렇게 잠시잠깐 시간이 멈춘 듯 주변이 조용해진다.

빙결의 마녀 클레오.

하급천사 미르엘.

주코와 백정.

그리고 유정상의 시선이 그곳에 머물렀다.

번쩍!

파아아아앗!

놈의 몸이 산산조각이 나며 사방으로 흩어지다 곧 연기로 변해 흔적도 없이 사라져 버렸다.

그것과 동시에 칼리오프가 불러들였던 마계의 몬스터들은 놈의 몸이 파괴되면서 만들어진 파동에 영향을 받으며 터져나가기 시작했다.

그리고 곧 주변의 모든 마계 몬스터들 역시 검은 연기로 변해서 사라져갔다.

"끝난 건가?"

빙결의 마녀가 중얼거렸다.

"아직이다!"

그렇게 말한 유정상이 차원의 틈 쪽으로 빠르게 이동해

가서는 커서를 변화시켜 틈에 접착제를 바르기 시작했다. 그나마 뻗어나가던 균열을 미리 막았던 이유도 있었고, 도중에 클레오의 빙결 마법의 도움으로 더 커지지 않은 것이 다행이었다.

빠르게 슥슥 바르며 점점 그 틈을 없애나갔고 곧 완전히 마무리 지었다.

[미션완료]

[빙결의 마녀 '클레오'와 함께 차원의 균열을 막았습니다.]

[마계의 귀족 '칼리오프'가 던전을 장악하려 했지만 놀라운 마당발로 하급천사 '미르엘'을 워프 시켜 그의 야심을 막아냈습니다. 그로 인해 이곳 던전은 원래의 모습을 찾아갈 것이며 클레오도 던전의 수호자로 본분을 지키며 다른 던전도 지켜나갈 것입니다.]

[보상으로 빙결의 폭탄반지와 던전 탈출 워프목걸이가 주어집니다.]

[레벨이 8 올랐습니다.]

[이로써 레벨이 75가 됩니다.]

미션완료와 동시에 두 가지 아이템이 생성되었다.

잠시 확인을 해보니 빙결의 폭탄반지는 얼음파편을 날리는 종류의 마법을 쓸 수 있도록 해주는 반지였다.

그리고 던전 탈출 워프목걸이의 경우는 좀 특별한 것으로 귀환석 없이도 던전을 빠져나가는 것이 가능하게 해주는 스페셜 아이템이었다. 물론 1인용이었지만 그래도 이런 아이템이라면 던전에 들어갈 때마다 굳이 귀환석을 우선적으로 얻어야 할 이유는 사라지게 된다.

"성공이에요오오!"

미르엘이 커다란 가슴을 흔들며 팔짝팔짝 뛰며 좋아라한다.

미르엘의 그런 부담스런 모습에 시선을 돌린 유정상이 주변을 살폈다.

이미 전투가 모두 끝난 상황이라 소환수들은 모두 싸움을 멈추고 제자리에 서 있었다. 그리고 주코와 백정이 꽤나 힘이 들었던 탓인지 바닥에 널브러져 있었다.

유정상도 꽤나 지친 탓에 클린볼과 붉은 포션을 인벤토리에서 꺼내 몸에 떨어뜨렸다.

주코는 백정과 자신에게 힐링 마법을 걸어 떨어진 생명력을 회복시켰다.

그사이 빙결의 마녀가 전투를 위해 펼쳤던 자신의 모든 마법을 거두어 들였다.

그녀도 꽤나 지친 것인지 약간 창백한 얼굴이었다. 그러나 생각하지 못한 승리에 기분이 좋아진 모습이다.

그런데 그때 미르엘이 클레오에게 날아갔다.

"반가워요오오!"

미르엘이 클레오를 덥석 안아버리자 당황한 클레오가 그녀를 떼어내며 빽 소리쳤다.

"이게 뭐하는 짓이야! 떨어져!"

"히잉."

"미르엘님! 제발 그만 좀 하세요!"

언제 나타났는지 샤잉족 무리에 끼어있던 살리얀이 얼른 미르엘 쪽으로 날아와 잔소리를 시작했다.

"하는 짓이 여전하구만."

"그러게."

주코도 고개를 절레절레 흔들며 하는 말에 유정상이 수긍한다.

그리고 유정상은 자신의 일이 대충 마무리되었음을 생각하고는 던전을 벗어나려했다. 그런데 클레오가 그런 유정상에게 다가왔다.

거리도 거리였지만 정신없는 와중이라 제대로 모습을 확인하지 못했다. 그런데 자세히 보니 꽤나 어려보이는 모습이다. 그러나 던전에서 만난 부류 중 실제로 어린 존재는 별로 없다.

"거기. 인간."

"......?"

"오해해서 미안하다. 그리고 더불어 놈들을 막아주어 고맙다."

"어차피 해야 할 일을 했을 뿐, 고맙다는 얘기를 들을 정도는 아니야."

"뭐?"

"……."

자신을 가볍게 무시하는 듯한 모습에 살짝 기분이 상했는지 미간을 살짝 찌푸리긴 했지만 크게 신경 쓰는 눈치는 아니다.

"무례한 인간이군. 뭐, 좋아. 네겐 그런 거만을 떨어도 될 만큼의 실력이 있으니 인정해주지."

"별로, 그런 인정은 필요 없는……."

"그에 대한 보답을 하겠다."

보답이라는 말에 지껄이던 말을 멈추었다.

보상이라는 건 늘 반가운 것이니까.

"보답?"

"그렇다. 우리 빙결의 마녀족은 은혜에 대한 보답은 반드시 하고 있다."

"우리 천사들도 마찬가지에요오."

"시끄러! 그리고 들러붙지 마!"

그렇게 클레오가 미르엘을 밀어내고는 뭔가 중얼거리기 시작했다. 그리고는 두 손을 겹쳐 이상한 모양을 만들더니 한 덩이의 빛을 유정상에게 발사했다.

팟.

"어?"

순간 손등에 생겨나는 마법진.

"내 힘이 필요하면 그 마법진을 이용해 날 불러."

"일종의 소환술인가?"

"바쁜 일이 없다면 그 소환에 응해주겠다."

뭔가 '바쁜 일'이라는 것에 힘을 주어 말하는 그녀였다.

"그리고 추가적으로 이것도."

그렇게 말하고는 다시 주문을 걸자 유정상의 몸 주위에 하얀 얼음이 생성되더니 곧 다시 팟- 하며 사라진다.


[빙결의 축복을 받았습니다.]

[추위에 대한 저항력이 강해지고 냉기를 담은 공격이 가능해집니다.]

[레벨 3이 올랐습니다.]

[레벨이 78이 됩니다.]

# 커서 마스터

## Cursor Master

3. 아스모데우스

# 커서 마스터
## Cursor Master

### 3. 아스모데우스

우라노스 던전 입구.

많은 수의 백인 각성자들이 주변에서 대기하고 있었다.

"역시 블랙로브라도 무리였나 보군."

"하긴, 많은 수의 헌터들이 그 지옥 같은 설원에서 제대로 힘도 쓰지 못하고 결국 후퇴를 했으니."

"뭐, 안전지대인가 뭔가 하는 걸로 어떻게 살아남기는 하겠지만, 남극보다 더 심한 혹한을 견뎌내기는 힘들겠지."

실제로 던전에 들어갔던 헌터들이 확인한 던전의 내부는 영하 50도 이하였고, 계속해서 온도가 떨어지고 있는 상황이었으니 이미 인간이 활동하기에는 불가능한 곳이었다.

물론 각성자들의 신체적인 특성은 일반인들과 달랐고, 추위에 특화된 헌터 슈트도 있으니 어떻게든 견뎌내기는 하겠지만 그것도 한계가 있는 것이다.

어쨌든 던전의 혹한 상태보다 던전의 에너지가 점점 불안정해지고 있다는 게 가장 큰 문제였고, 혹시라도 던전이 폭발이라도 일으킨다면 무슨 일이 벌어질지 장담할 수가 없었다.

일단 블랙로브는 이곳에 들어갔고, 옥타비아 모네가 그 행동이 중요한 일이라는 이야기를 한 이상 모두는 기다리고 있을 수밖에 없었다.

물론 가이아 던전의 일이 다급하기는 하지만 그들로서는 해결방법이 없으니 지금은 그저 블랙로브를 기다리고 있는 것이다.

하지만 그것에 대해 부정적인 헌터들도 다수 있었다.

애초에 블랙로브라는 존재에 대해 알려진 사실이 거품이 상당하다고 믿는 부류였고, 또 동양인을 깔보는 백인 우월 사상에 젖은 인간들이기도 했다.

"역시 던전 내에서 죽어버린 게 아닐까?"

"하긴 혼자서 뭘 할 수 있겠어. 아무리 몬스터를 대량으로 부릴 줄 안다고 해도 이런 혹한에선 다 쓸모없는 일이지."

마치 그렇게 되길 바라기라도 하는 듯 말하는 그들의 모습을 보던 디아나의 눈썹이 찡그려졌다. 미국에서도 최고라는 4급 이상의 각성자들이 모여 지껄이고 있는 이야기가 한심하기 짝이 없었던 것이다.

그의 도움을 바라며 기다리고 있는 상황에서 말이다.

처음 그녀에게 내려졌던 명령 때문에 우발적으로 블랙로
브와 싸우기는 했지만, 이번 일을 성공하기 위해서는 그의
도움이 반드시 필요할 거라는 이야기를 들었다.

2급 심안의 능력자 옥타비아가 주변의 만류에도 불구하
고 그녀에게도 지금의 상황을 설명해준 것이다.

어쨌건 그런 상황을 알게 된 이상 그녀는 블랙로브가 살
아서 돌아오기를 간절히 바라고 있었다.

그런데 주변에서 던전 에너지를 측정하던 각성자가 기계
를 다시 한 번 확인하고는 놀란 표정이 되어 옥타비아가 머
물고 있는 익스플로러 밴으로 달려갔다.

그리고 마치 그가 올 것을 알고나 있었다는 듯 문이 열리
며 옥타비아가 밖으로 나왔다.

"저기, 던전 에너지가……."

"알고 있어요."

그렇게 대답한 옥타비아가 던전의 입구 쪽으로 걸어가기
시작했다.

그런 모습에 모두의 시선이 집중되었다.

디아나 역시도 그런 그녀를 바라보는데 곧 던전의 입구
에 스파크가 일었다.

그리고 그곳으로 누군가 나오는 모습이 언뜻 보였다가
사라졌다.

던전에 들어갈 때도 밤이었는데 나올 때도 밤이다.

그러고 보니 시간도 하루 이상이 흘러있었다.

그런데 유정상이 던전을 빠져나오려는 순간에 뭔가 이상한 걸 느끼고는 재빨리 은신 스킬을 사용하면서 빠져나왔다.

주변에 잔뜩 모여 있는 백인들.

분명히 던전으로 들어가던 때에는 없었는데 이렇게 많은 사람들이 모여 있다니 조금 이상한 일이었다. 어쩌면 들어가기 직전에 싸웠던 백인 글래머여자가 불러들인 건지도 모른다.

그런데 누군가 던전을 향해 다가오는 모습이 보인다.

저녁이라 잘 보이지는 않지만 머리는 백발에 긴머리, 키는 무척이나 커 보이는 여자였다.

얼핏 봐도 심상치 않은 능력이 느껴지는 여자였는데 얼굴은 그림자 때문에 잘 보이지 않았다. 그런 그녀가 유정상 쪽으로 다가온다.

이미 그녀의 행동 때문에 대다수의 각성자들이 유정상 쪽으로 시선을 보내고 있었다.

그들의 시선에서 특별히 적의가 느껴지지 않았다.

'뭐 괜찮겠지.'

예상과 달리 귀찮은 일이 생길지도 모른다. 하지만 그렇게 되면 다시 몸을 빼면 그만이다.

이곳에서 유정상을 막아설 수 있는 능력을 가진 자는

제법 특별해 보이는 눈앞의 여자를 포함해도 존재하지 않았으니까.

스슥.

모습을 드러내자 모두 살짝 움찔거리며 놀라는 기색들이다. 이곳 대부분의 사람들이 유정상의 존재를 제대로 인식하지 못하고 있었던 탓이다.

물론 그들 사이에 보이는 익숙한 얼굴의 백인 여자.

그녀는 유정상이 이곳에 왔을 때도 그의 은신술을 감지했을 정도였으니 특별히 놀라는 눈치는 아니었다.

그런데 백발의 큰 키를 가진 여자 역시도 그녀처럼 전혀 놀라는 기색이 없다. 다만 그녀의 눈을 가리고 있는 검은 두건이 이색적이다.

'눈이 보이지 않는 각성자라는 건가?'

그렇다면 다른 사람과 다른 반응을 하는 것도 이상하지 않다.

하지만 그럼에도 그녀에게선 묘한 기운이 풍겨났다.

커서를 그녀에게 가져갔다.

그런데 그녀의 반응이 놀라웠다.

커서 쪽으로 정확히 고개를 돌리는 것이 아닌가?

혹시나 하는 생각에 커서의 방향을 바꾸어 다른 쪽으로 접근시켰지만 여전히 그것에 반응하고 있었다.

'뭐지 이 여자?'

눈은 보이지 않지만 그것 이상의 감각을 가지고 있다는

뜻인지도 모른다. 아니, 커서라는 것이 감각이 뛰어나다고 감지할 수 있는 종류의 물건은 아니니 뭔가 특별한 힘을 가지고 있는 것인지도 모른다.

"당신은 정말 특별한 능력을 가졌군요."

그런 생각을 하고 있는데 되려 그녀가 옅은 미소를 지으며 말했다.

살짝 놀라기는 했지만 유정상은 별다른 반응을 보이지 않고 커서를 그녀에게 가져갔다.

그런데 예상외로 그런 커서의 움직임을 느끼고도 옥타비아는 별다른 거부감이 없는지 가만히 있었다.

살짝 머뭇거린 유정상이 이내 커서로 그녀를 확인했다.

'……!'

놀랍게도 그녀의 레벨은 72였다.

이제껏 그 누구보다 높은 레벨이다.

하지만 72가 어느 정도의 등급인지 유정상도 정확히 모른다.

다만 유정상이 미션을 완수하고 78이 되었으니 지금의 그와 별 차이가 없다는 것 정도만 알 뿐이다.

그래서 궁금함에 유정상이 그녀에게 물었다.

"당신 몇 급 헌터지?"

유정상이 낮은 저음으로 그렇게 묻자 그녀가 웃으며 대답했다.

"2급이에요."

72레벨이 2급이라면 유정상 본인도 지금 대충 2급 정도일 것이다. 물론 레벨만 따지자면 그런 것이고 실제 능력치는 1급에 가까울지도 모른다.

아무튼 2급 정도라면 외부에 거의 알려지지 않았으니 유정상도 그녀에 대한 정보는 전혀 알지 못했다. 아니 3급만되어도 국가차원에서 보호하는 최고의 인재들이니 외부에 알려질 리는 없지만.

아무튼 그런 잡생각을 하는 사이 그녀가 다시 입을 열었다.

"들어가셨던 일은 잘 해결되셨나 보군요."

순간 겉으로 표현하지 않았지만 깜짝 놀랐다. 어떻게 그런 사실을 알 수 있는지 이해가 되지 않았던 탓이다.

"당신 정체가 뭐지?"

"아, 죄송해요. 전 옥타비아 모네라고 해요. 그냥 옥타비아라고 불러주세요."

이름 따위가 궁금해 물었던 건 아니었다.

그런 유정상의 마음을 이해했는지 곧 말을 이었다.

"너무 경계하지 마세요. 전 그저 심안이라는 능력을 가지고 있어서 다른 사람보다는 조금 많이 볼 수 있으니까요."

"심안?"

그러고 보니 유정상도 들은 기억이 있었다.

아주 희귀한 능력으로 선택의 순간이나 미래에 약간의 예지력을 포함하는 일종의 무당 같은 존재랄까?

뭔가 무당이라고 하면 조금 질이 떨어져 보이는 기분이지만 결코 일반적인 능력이 아니라는 건 분명했다.

"내게 뭘 원하는 거지?"

"이미 이야기가 된 거 아니었나요?"

뭔가 이상하다는 듯 고개를 갸웃거리는 옥타비아.

그러고 보니 유정상도 그 공지훈에게 들었던 이야기를 잠시 잊고 있었다는 걸 떠올리고는 고개를 끄덕였다.

"아, 그 의뢰라는 것 말이군."

"맞아요. 저희가 정부를 통해 한국에 의뢰를 넣었거든요."

"의뢰의 내용이 뭐지?"

"사실은 처음 계획은 두 개였는데 당신이 하나를 이미 해결하는 바람에 남은 건 하나가 되었군요."

"하나가 해결······."

그렇게 말한 유정상이 뒤돌아 던전을 바라보다 알겠다는 듯 고개를 끄덕였다.

"너희들도 이 던전의 문제를 파악하고 있었군."

"네. 그것보다 영어에 굉장히 능숙하시군요."

"쓸데없는 이야기는 필요 없을 것 같은데."

"그렇겠군요."

다소 냉정한 그의 말에도 미소를 잃지 않는 그녀였다.

"그럼 다른 던전은 뭐지?"

"가이아라는 이름의 던전이에요."

그렇게 옥타비아가 대략적인 가이아 던전에 대한 이야기를 했고, 더불어 최근 일어난 이곳 우라노스 던전의 이야기도 곁들였다.

그런데 그녀에게 이야기를 듣고 있던 와중에 메시지가 떴다.

그러자 그녀가 하던 말을 멈추었다.

그녀도 뭔가를 느낀 것이다.


[미션]

[좌표는……]


유정상이 휴대폰으로 좌표를 확인했다.

인근이라는 사실을 확인하고는 곧바로 묻자 그녀가 말한 가이아란 던전의 위치와 동일했다.

역시 연계미션이었다.

어쨌든 어차피 유정상도 그곳에 가야만 할 상황이니 나쁘지 않다.

그런 유정상을 잠시 바라보던 그녀가 알 수 없는 표정으로 입을 열었다.

"당신에게는 알 수 없는 것들이 많이 느껴지는군요. 마치 성스러운 그런 기운이랄까."

그녀의 말에 어쩐지 닭살이 돋는 것 같아 말을 돌렸다.

"그럼 결국 나더러 가이아 던전에 들어가서 뭘 하라는 거지?"

"던전에 갇혀 있는 사람들을 구해주세요."

"무슨 일이 생긴 거지?"

"던전 내에서 갑자기 생겨난 싱크홀에 빨려 들어간 헌터들을 구해내야 합니다. 인근엔 용암에 의해 접근이 힘들어 구출이 불가능한 상황이 되어 버렸어요."

"싱크홀?"

어쨌거나 던전에도 자연재해는 일어나고 있으니 그런 구멍이 갑자기 생겨난다고 해도 이상할 것은 없었다.

"이미 수차례 구조대를 보냈지만 오히려 모두 살아 돌아오지 못했거든요."

그런 용암지대에서 생겨난 싱크홀이라면 살아있을 확률은 낮았다.

"그런 상황이라면 이미 죽었을지도 모르는데 굳이 위험을 무릅쓰면서까지 다시 구조대를 보내야할 이유가 있는 건가?"

"죽지는 않았어요."

그녀의 목소리는 단호했다.

"죽지 않았다? 그걸 알 수 있는 건가?"

"제 심안에는 그들이 살아있다는 것이 보입니다."

거짓말로 보이지는 않아 잠시 미간을 찌푸리며 생각했다.

예전에도 비슷한 일을 해본 적이 있었다.

물론 처음부터 그것을 생각하고 한 행동은 아니었지만 아무튼 그때도 미션을 따라 움직이다 보니까 많은 사람들을 구출했었다.

이번에도 비슷한 상황이 아닌가 하는 생각을 하며 유정상이 다시 물었다.

"이렇게까지 구조대를 계속 투입하는 걸 보면 특별한 인재들인가 보군."

"특별해서가 아니라 우리 사람이니까 어떡하든 살아있으면 구해내려는 거예요."

그러고 보니 미군의 경우에도 외국에 파견된 군인들에게 문제가 발생할 경우, 무슨 일이 있어도 그들을 구해내려 하고, 설사 죽었다고 하더라도 시체라도 찾아 본국으로 데려온다는 이야기를 들은 적이 있다.

그런 건 어쨌든 부러운 일이라 생각하며 유정상이 물었다.

"몇 명이나 되는 거지?"

"열 명이에요. 모두 4급 이상으로 구성된 팀이죠."

"가이아가 7성급이라고 했었지 않나? 너무 과한 전력 아닌가?"

"단순한 클리어가 목적이 아니었으니까요."

"단순한 클리어가 목적이 아니다?"

그 순간 근처에 있던 이반이 나서서 그녀가 더 이상 말하지 못하게 막았다.

"옥타비아. 그 이상은 곤란합니다."

"아, 그렇군요."

상황을 보니 그들의 목적은 비밀인 것 같았다.

사실 굳이 그런 것 까지 알 필요는 없다는 생각에 유정상이 입을 열었다.

"그들을 구한다면 내게 뭘 줄 거지?"

그 말에 옥타비아를 대신해 이반이 나서며 말했다.

"미국 정부차원에서 이미 한국정부에 막대한 지원을 약속……."

"그만."

"……."

"그딴 건 정부끼리 알아서 할 문제고 나와는 상관없어. 그것 말고는 내놓을게 없다는 말인가?"

"그건 아직……."

"나에게 아무런 이득이 없다면 그 문제에 대해선 없던 걸로 하고 싶은데……."

"이것을 드리죠."

옥타비아가 유정상의 말을 끊고 검은 보석을 내밀었다.

엄지손가락 크기의 원석으로 진한 검은 색깔의 표면 속으로는 엷은 푸른빛이 감돈다.

그녀가 그것을 내밀자말자 이반이 엄청 당황한 표정으로 그녀를 말리며 소리쳤다.

"오, 옥타비아! 그건 안 됩니다!"

이반이 놀란 음성에 미간을 살짝 찌푸린 유정상이 그것을 확인했다.


[다크블루 사파이어]

[거대한 마력을 머금고 있다.]

[몸에 지니기만 해도 마나량이 30% 증가한다.]


엄청난 귀물이었다.

등급이 높은 각성자에게는 그 중요도가 커지는 그야말로 부르는 게 값일 그런 물건이었다. 특히나 마나사용이 많은 각성자일 경우 이 보석의 중요도는 거의 절대적이라 할 수 있다.

거기다 심안을 가지고 있는 그녀라면 말 할 필요도 없는 일이다.

"그건 절대 안 됩니다. 만약 그걸 준다면 당신의 몸은 마력의 소모를 감당할 수 없게 됩니다."

하지만 그녀는 그런 이반의 말에도 여전히 유정상에게 보석을 내민 채였다.

그리고 다시 입을 열었다.

"당신이라면 이 보석의 가치를 알 수 있을 거예요."

"굉장한 물건이군."

"그럼 이것으로 의뢰비가 되겠죠?"

"아니."

"네?"

"좋은 물건이기는 하지만, 나보다는 당신에게 어울리는 물건이야."

유정상의 거절에 옥타비아의 표정이 살짝 굳어졌다.

"의뢰를 받아들이지 않겠다는 말씀인가요?"

"아니, 단지 그 물건을 받지 않겠다는 말이지 의뢰를 받지 않겠다는 말은 아니야."

"그럼……?"

"사례금 문제는 일단 의뢰를 성공적으로 마무리 한 다음에 이야기하지. 나도 당장 필요한 게 별로 없으니까."

유정상에게 필요한 건 돈도 아이템도 아니었다.

방금 그녀가 내민 아이템이 엄청난 물건이기는 하지만 사실 유정상이 가진 귀한 물건들과 비교하면 다소 손색이 있었다.

유정상이 개인적으로 미션을 실행하면서 얻는 아이템들은 일반적으로는 절대 구할 수 없을 정도로 신비로운 물건들이었기에 저 정도 물건에는 큰 욕심이 생기지 않았다.

거기다 대충 분위기만 봐도 저 아이템이 그녀에게 어느 정도로 중요한 것인지는 대충 알 것 같아 덥석 받기엔 마음도 불편하고 찜찜했던 것이다.

그렇다고 아예 공짜로 해준다고 말하기도 그래서 대충 빚을 하나 만들어두는 정도로 이야기를 마무리했다.

　물론 구두약속이니 어길 수도 있지만 어차피 유정상은 미션을 위해서도 해야만 하는 일이었으니 사례금 따위는 별로 상관없는 일이었다.

　그리고 그 정도의 지위를 가진 각성자들이라면 자존심이 더 중요한 자들이니 결코 오리발을 내밀지는 않을 것이다.

　"고마워요. 그럼 그곳까지 저희가 모실게요."

　"아니, 알아서 갈게."

　그렇게 말한 유정상이 다시 은신을 펼침과 동시에 이네크의 걸음으로 빠르게 그곳에서 벗어나 버렸다.

　그 때문에 주변에 있던 많은 사람들이 경악했다.

　방금까지 있던 블랙로브가 갑자기 연기처럼 사라져 버리자 놀라지 않을 수 없었던 것이다. 대부분의 각성자들이 그가 단순한 은신술을 펼쳤을 거라고 생각하고 있던 그때 옥타비아가 입을 열었다.

　"여기 그의 존재는 없어요. 아마 곧 가이아 던전에 도착할 것 같군요. 미리 연락해 두세요."

　그 말에 각성자들이 놀라 수근거렸다. 수행하는 이들은 그녀의 말에 깜짝 놀라서 얼른 무전을 넣었다.

　"정말 이곳에서 벗어났다는 건가?"

　"글쎄?"

그런데 그때 가이아 던전에서 대기하던 팀으로 부터 연락이 들어왔다.

– 블랙로브가 이곳에 도착했다.

"어, 어떻게 이럴 수가 있지?"

모두 경악하지 않을 수 없었다.

❖   ❖   ❖

가이아 던전에 도착한 블랙로브의 모습에 던전 주변에 있던 모두가 경악했다.

방금까지 우라노스 던전 밖으로 나와 옥타비아와 이야기를 나누고 있다는 연락을 받았는데 몇 분 지나지 않은 상황에서 그가 이곳 던전에 도착했으니 놀라지 않을 도리가 없었던 것이다.

하지만 대부분의 각성자들은 블랙로브가 이곳에 올 거라는 이야기를 전해 듣지 못한 탓에 그가 나타나자 길을 가로막았다.

– 정말 블랙로브가 도착했다고?

"그렇다니까."

무전기 너머에서도 황당하다는 반응이다.

인터넷 영상에서도 그의 믿기 힘든 능력에 많은 사람들이 의구심을 가지고 있었고 지금 통화 중인 지미 오즈몬드도 그런 사람 중 한 명이었다.

그런데 이번에도 믿기 힘든 일이 벌어진 것이다.

그러는 동안 가이아 던전의 입구에서는 사소한 트러블이 발생했다.

"아시아 귀퉁이에서는 네가 제법 유명한지는 모르겠지만 지금 이곳은 비상상황이라고, 그러니까 좋은 말로 할 때 돌아가라."

몇 명의 고위급 각성자들이 블랙로브의 이동을 막고 서서는 으르렁거리고 있었다.

"뭐야, 이거 이야기가 다른데?"

"뭐?"

"쯧. 너희들 사정이야 내가 알 바 없고 난 들어가야겠다."

"뭐야?"

블랙로브를 막아선 이들 중 한 명인 도니가 자신의 전용 무기인 철퇴를 들어올렸다.

몸집이 거대한 사내답게 무기도 제법 무식한 형태였다.

"어이, 그만둬!"

주변에서는 성급히 움직이는 그를 말렸지만 아시아의 조그마한 나라에서 온 블랙로브 따위가 자신들을 무시하는 꼴을 더 이상 봐줄 생각이 없던 도니는 다짜고짜 철퇴를 휘두르며 달려들었다.

4급 헌터인 그는 평소에도 안하무인이었던 터라 주변에는 말릴 만큼 친분이 두터운 이도 없었지만 그보다는 대부분 블랙로브에 대한 호기심이 컸던 탓에 그가 어떻게 나올지 궁금해 그저 두고 볼 심산이었던 것이다.

부우웅.

도니의 빠른 철퇴가 블랙로브가 있던 곳을 내려쳤다. 하지만 그는 이미 그 자리에서 사라지고 없었다.

순간 상대의 움직임을 놓친 도니가 주변을 두리번거리는데 미처 블랙로브의 흔적을 발견하기도 전에 퍽 하는 소리와 함께 정신을 잃고 바닥에 쓰러지고 말았다.

찰나의 순간에 벌어진 일이라 그 상황을 제대로 본이가 아무도 없었다.

그 때문에 주변에 있던 헌터들이 깜짝 놀라며 얼른 자신들의 무기를 빼어들고 블랙로브에게 다가가자 누군가 소리쳤다.

"모두 그만둬! 그에게 길을 열어주라는 명령이야."

"명령? 누가 말이야?"

"옥타비아."

그 말에 모두 입을 다물었다.

4급 이상의 각성자들에게 명령을 내릴 수 있는 이는 그리 많지 않다.

대부분 자기 길드의 대표들이었고 또한 대표가 아니라고 해도 4급 정도면 길드의 대표들조차 쉽게 대하지 못하는 존재들이다.

그럼에도 옥타비아라는 말에 모두 입을 닫은 것이다.

그만큼 그녀는 미국 내 최상급 각성자들에겐 그야말로 절대적이라고 할 정도로 강력한 영향력을 행사했다.

아무튼 그 얘기에 길이 열리자 블랙로브는 천천히 걸어서 던전 안으로 들어갔다.

그 모습을 몇몇은 못마땅한 듯한 표정으로 바라보고 있었다.

❖ ❖ ❖

황폐한 사막 같은 지형과 사이사이 바닥을 뚫고 올라오는 수증기가 보이는 곳이 눈앞에 펼쳐졌다. 그런데 놀랍게도 그런 황량한 곳에 피어 있는 익숙한 모양의 거대한 식물이 보인다.

대공화염꽃.

크기가 정글 던전에 있던 것에 비해 조금 작기는 했지만 이곳 역시도 공중이동은 불가능해 보였다.

그나저나 던전 내의 열기가 심상치 않았다.

"제법 열기가 강한데?"

하지만 그렇다고 해서 참기 어려운 수준은 아니었다.

아무래도 새로 제작한 블랙로브가 불에 강한 속성을 띠는 탓인지 던전 내부의 열기가 강하기는 해도 그다지 뜨겁다는 생각은 들지 않았다.

그때 메시지가 떴다.

[미션]

[화염의 구슬을 봉인시켜라.]

[화염의 구슬이 알 수 없는 이유로 던전에 모습을 드러냈다.]

[불의 계곡 너머에 존재하는 화염의 구슬을 제거하지 못하면 던전은 완전한 불지옥으로 변해버릴 것이다. 그렇게 되면 결국 던전의 열기가 바깥에까지 영향을 미칠 것이며 그것이 결국 어떤 결과를 일으킬지는 알 수 없다.]

[미션 실패 시 20레벨의 하락과 착용중인 아이템 모두가 사라진다.]

[미션수행까지 남은 시간 48시간.]

[미션을 수행할 아이템이 주어진다.]

곧이어 인벤토리에 붉은색 구슬 세 개가 생성되었다.

우라노스 던전 땐 하얀 구슬이 세 개 생성되었는데 이곳에서는 붉은 구슬이 세 개다.

[화염옥: 패시브]

[화염 공격에 강한 내성을 지니고 있다.]

그사이 다시 모습을 드러낸 주코와 백정.

그러나 주코가 뜨거운 공기를 한껏 들이키며 피식 웃었다.

"오, 이만하면 괜찮은데?"

저번 우라노스와 달리 주코는 열기에 크게 영향을 받지 않는 분위기다.

하지만 그에 반해 백정은 하얀 털 속의 피부가 점점 **빨갛**게 달아오르는 게 꽤나 힘들어 보인다.

"정아, 괜찮냐?"

"삐이이이."

힘들어 보이는 주제에 여전히 힘차게 대답한다.

그 모습을 본 주코가 혀를 찼다.

"쯧쯧, 이정도 열기에 그렇게 약해서야. 원."

우라노스 던전에서는 추위 때문에 그렇게나 호들갑을 떨더니, 이젠 오히려 큰소리친다.

그런데 백정은 그런 주코의 행동이 마음에 들지 않은지 자신의 빛의 검을 척 뽑아냈다.

그 때문에 주코가 흠칫 놀라더니 뒤로 물러서며 소리쳤다.

"이거 봐 이거! 무식하게 폭력이라니. 주인. 저 놈 좀 혼내주라고!"

"네 주둥이부터 혼내줘. 넌 만날 매를 번다 벌어."

"삐이이이!"

"이 못된 놈들!"

이번에도 들어가자마자 유정상은 안전지대부터 만들었다.

유정상 본인이야 이번에 새롭게 재가공한 블랙로브가 열기에 강한 놈이라 특별한 어려움을 느끼지 않았지만, 백정의 경우는 달랐기 때문이었다.

일단 안전지대 안으로 들어가자마자 먼저 인벤토리를 열어 화염옥 세 개를 꺼내서 각자의 몸에 떨어뜨렸다.

하지만 이번에도 공격에 한정된 내성이 생겼을 것이고 단순히 열기에 강해지지는 않을 것이다.

확실히 바깥에 나가보았지만 들어오기 전과 전혀 다르지 않은 열기가 느껴진다.

"사냥이 필요하겠군."

곧바로 안전지대 자리를 만들어 백정을 두고 바깥으로 나갔다.

축 처진 백정이 에너지를 보충하는 동안 안전지대를 나선 유정상이 주변을 둘러본다.

과연 이런 불덩이 같은 열기 속에서도 환경에 적응한 몬스터가 존재하고 있었는데 온몸이 불처럼 붉은 파이어 울프 무리가 유정상을 발견하고는 빠르게 다가왔다.

"크르르르르."

10여 마리의 45레벨 파이어 울프가 유정상을 둘러싸며 으르렁댔다.

"마침 딱 좋은 놈들이 나타났구나."

몬스터의 출현에 즐거워하는 유정상이었다.

잠시 후 가벼운 표정으로 안전지대에 복귀한 유정상이

인벤토리에서 몇 장의 파이어 울프 가죽을 꺼냈다.

오랜만에 혼자서 마검으로 대충 몬스터의 가죽을 해체하기는 했지만 시간도 많이 걸렸고 가죽도 깔끔하게 처리하지 못해 모양이 좋지 않았다.

몬스터 해체는 늘 백정이 해오던 터라 예전는 곧 잘 하던 것인데도 다 잊어버리고 서툴러져 있었던 것이다.

아무튼 그 가죽과 함께 파이어 울프의 뼈를 깎아 바늘을 만들고 심줄로 실을 뽑아 연결해 백정에게 입힐 옷을 만들었다.

나름대로 날개까지 보호할 수 있는 보호복을 만들어 입히자 제법 그럴듯하다. 거기다 방어복의 역할까지 하니 전투에도 도움이 된다.

다만, 날개까지 보호해야하는 탓에 하늘을 날아다니기는 어려웠다.

물론 굳이 날겠다고 할 경우, 날개부분을 제거하면 가능하겠지만 말이다.

백정이 바깥으로 나가더니 곧바로 펄쩍뛴다.

열기를 보호하는 데 꽤나 탁월한 것 같아 보인다.

그런데 그 모습을 보던 주코가 유정상에게 다가와 중얼거리듯 말했다.

"나도 만들어주면 안되냐. 주인?"

"넌 괜찮다며."

"그렇기는 한데. 전투시 보호복으로써의 기능도 있으니까."

"결국 배가 아픈 게로군."

"쳇, 절대 아니다."

"그럼 뭔데? 정말 보호복이 필요해서라고?"

"정말이다."

유정상은 잠시 주코를 바라보다 곧 피식 웃고는 곧바로 가죽을 더 꺼내 녀석에게도 만들어주었다.

더위와는 상관없이 보호를 위한 목적이라면 날개부분은 밖으로 빠져나오도록 만들면 되니까 좀 더 빨리 완성할 수 있었다. 완성 후 그것을 입은 주코가 꽤나 만족한 얼굴로 고개를 끄덕인다.

그렇게 준비를 끝내고 이동을 시작했다.

싱크홀이 생성된 장소의 위치를 대충 듣고 오긴 했지만 사방에서 솟아오르는 수증기 때문에 그 장소를 찾는 게 쉬워보이지는 않았다.

커서의 방향은 화염의 구슬이 있는 곳을 향하고 있지 유정상이 움직일 길을 감안해 주지는 않을 테니 커서만 따라갈 수도 없는 일이다.

그렇게 사방이 수증기와 화염으로 둘러싸인 곳을 지나가고 있는데 바닥이 심하게 울린다.

쿠르르르르르.

바닥이 쩌저적— 하며 갈라지기 시작했다. 그리고는 그 갈라진 바닥을 뚫고 나오는 거대한 불덩이가 튀어나왔다.

파이어 골렘.

일명 불거인이라고 불리는 녀석으로 골렘 중에서도 가장 강하며 또한 그만큼 희귀한 놈이다.

레벨을 살펴보니 52.

우라노스에서 만났던 아이스 골렘과 비슷한 수준이다.

강한 열기를 뿜으며 유정상의 앞에 등장한 파이어 골렘이 망설임도 없이 빠른 속도로 덤벼들었다.

5미터에 달하는 놈의 기세에 뜨거운 열기까지 더해지니 어지간한 각성자라면 싸우고 싶은 생각마저 달아나버리고 말 것이다.

그런 파이어 골렘이 달려들었지만 유정상은 가볍게 주먹을 휘둘러 녀석을 튕겨냈다.

퍼엉.

결코 가볍지 않은 충격에 휘청거린 파이어 골렘.

그러나 그런 상황에서도 균형을 잃지 않고 자세를 바로 잡으며 다시 무섭게 달려들었다.

콰가가가가가

하지만 이어지는 유정상의 폭격펀치에 의해 몸이 부서져 나가고 말았다.

우라노스 던전에서 레벨을 한꺼번에 너무 많이 올리는 바람에 공격력이 훌쩍 높아져서 비슷한 수준의 가이아 던전 몬스터는 쉽게 사냥이 될 수밖에 없었다.

골드바와 아이템도 비슷한 수준이다.

그런데 그 사이에 특별한 아이템이 보인다.

불의 기운을 가진 붉은 보석.

[파이어주얼리: 소켓 장착형]

[화염의 기운을 가진 보석으로 소켓이 달린 공격 아이템에 추가할 수 있다.]

[레벨제한: 60이상]

현재 유정상의 레벨은 78이니 문제될 것은 없다.

오랜만에 보는 소켓 장착형 아이템에 반가움을 느끼며 곧바로 파이어주얼리를 이네크의 반지 소켓에 장착했다.

그러자 불의 기운이 추가되며 공격력이 대폭 상승한다. 그리고 반지의 레벨도 S에서 SS로 등급도 올랐다.

만족한 얼굴로 다시 이동을 시작했다.

그런데 주변에 드문드문 피어 있던 대공화염꽃들이 일제히 꿈틀거리기 시작했다.

대공화염꽃이 반응하는 이유는 하나뿐이다.

하늘에 뭔가 나타났다는 사실.

순간 하늘을 올려다본 유정상.

공중에서 뭔가가 빠르게 이동 중이다.

꽤나 높은 고도에서 날아가고 있는데다가 빠르기까지 하니 정확한 모습을 확인하는 것이 쉽지 않았다. 다만, 마치 UFO처럼 움직임이 요란하고 뒤에 연기까지 뿜어댄다.

"설마, 이런 곳에 반중력의 UFO가 있을 리 없지."

"반중력? UFO? 그게 뭐냐?"

"몰라도 돼."

주코가 호기심 가득한 표정으로 물었지만 유정상도 지나가듯 들은 이야기라 정확한 개념은 모르니 설명해줄 수도 없다.

아무튼 그런 이상한 물체에 반응한 대공화염꽃들이 일제히 불덩이를 쏘았다.

워낙 광범위하게 피어 있는 꽃이라 그런지 눈에 보이는 지역 모든 곳에서 엄청난 양의 불덩이가 하늘로 솟아오르는 장관이 펼쳐졌다.

그러나 그런 불덩이를 유유히 피해내며 이동하는 물체.

그런데 그 비행체가 방향을 바꾸더니 큰 원을 그리며 유정상이 있는 방향 쪽으로 이동을 시작했다.

덕분에 그 물체의 모습이 점점 커지며 유정상의 시야에 잡혔다.

"저거 불새 아니야?"

온몸이 불타오르는 듯 보이는 거대한 새가 유정상이 있는 곳을 향해 맹렬히 다가오고 있었다.

"설마 이쪽으로 날아오는 건가?"

그 와중에도 긴가민가한 유정상의 말에 주코가 다급하게 소리쳤다.

"아무래도 그렇게 보인다! 주인!"

주변에 있던 대공화염꽃들이 뿜어대는 불덩이가 다시 불새를 향해 날아간다.

그러나 그런 불덩이도 가볍게 피해내며 맹렬한 속도로 날아오고 있었다.

그리고 놈이 진동을 머금은 소리를 지른다.

"끼이이이이이!"

"아우, 시끄러!"

그렇게 말하며 귀를 막던 주코가 은신 마법으로 몸을 감추었고, 백정도 땅속으로 파고든다. 유정상의 블랙로브가 그 소리를 공격으로 반응하고 귀를 보호했다. 그리고 동시에 몸을 옆으로 날렸다.

그런데 그가 움직이는 방향을 향해 꺾는 불새.

이것으로 확실해졌다.

"내가 타겟인가?"

그렇게 중얼거린 유정상이 불새의 움직임을 확인하며 폭격펀치를 시전했다.

콰가가가가가가가.

백여 발의 기파가 하늘에 폭격하듯 떨어져 내렸지만 그 모든 공격을 엄청난 속도로 피해내는 불새.

그리고는 어느새 유정상의 근처까지 도달하자 그 형체가 완전한 불덩이로 변화한다.

그 모습을 보는 유정상이 피식거렸다.

"이열치열이다!"

그렇게 소리친 유정상의 주먹 주위에 불덩이가 형성됐고 그 불덩이 주위로 스파크가 함께 일어난다.

이네크의 반지에 새롭게 박힌 파이어주얼리 덕분에 불의 속성이 더해진 것이다.

그리고 불새가 변한 불덩이가 유정상의 유효타격거리까지 다다랐을 때 엄청난 속도로 주먹을 휘둘렀다.

콰아아앙.

하지만 그 주먹에도 파괴되지 않은 불덩이가 유정상에게 달려들었고 짧은 순간에 다시 등장한 커서 방패에 의해 가로 막혔다.

콰앙.

거칠 것 없이 날아들던 불덩이가 처음으로 방패에 의해 가로막히자 옆으로 튕겨나가더니 다시 불새의 모습으로 변했다.

"어우, 굉장한 방어력이네."

조금 놀랐다는 얼굴로 장난스럽게 말한 유정상이 느긋한 표정으로 그 모습을 바라본다.

불새가 잠깐 허공에서 균형을 잡으려는지 날개를 퍼덕거리다 곧 바닥에 내려섰다. 그리고는 서서히 새에서 인간모습으로 변해간다. 하지만 온몸에 불이 이글거리는 건 여전한 상태다.

몸의 형태로 보니 여자의 형상이다.

곧 인간 형상의 그 불덩이가 입을 열었다.

가늘면서도 강한 힘이 느껴지는 여자의 음성이다.

"과연 클레오의 말대로군."

순간 유정상이 놀랐다.

다른 던전에서 빙결의 마녀 이름을 들을 것이라 생각을 못한 까닭이다.

"빙결의 마녀를 잘 아는 건가?"

"뭐, 500년을 봐 왔으니 잘 안다면 잘 아는 사이지."

그렇게 말하는 사이 전신에서 일고 있던 불길이 사라진다.

그리고 붉은색의 노출이 조금 심한 파티용 원피스를 입은 소녀가 모습을 드러냈다.

검은 머리에 라틴계의 얼굴형, 거기다 굉장히 글래머러스한 모습에 비해 얼굴은 20살 안팎의 앳된 모습이다.

말로만 듣던 베이글녀 스타일이었다.

그러나 클레오와 500년간 봐왔다는 이야기를 들은 이상 저 겉모습만 보고 20살 정도라고 생각할 바보는 아니었다.

이 동네에서 만나는 존재들은 대부분 외모만으로는 그 나이를 짐작할 수 없다는 걸 새삼 깨닫는다.

물론 인간이 아니었으니 당연한 일이겠지만.

그나저나 불과 얼음이 친구라니 약간 아이러니하다는 생각이 들었다.

그건 그렇고 이 여자는 유정상을 노리고 달려들었으니 목적이 있는지도 모른다.

"내게 볼일이 있는 건가?"

"널 시험해 보고 싶었거든."

"시험?"

"클레오가 그렇게 마음에 들어 한 인간이라니 궁금하지 않을 리 없지."

빙결의 마녀가 자신을 마음에 들어 했다는 건 의외였다.

별다른 대화도 하지 않았는데 마음에 들고 말고 할 여지가 있었는지조차 의문이었으니까.

"솔직히 반신반의 했었는데 과연 대단한 인간이군. 그런 공격을 막아낼 거라고는 전혀 예상하지 못했는데 말이야."

"날 죽일 작정이었나?"

"그 정도 공격에 죽어버린다면 할 수 없는 일이지."

조금은 냉정한 말이었지만 유정상은 별로 신경 쓰지 않았다. 오히려 뭔가 새로운 생각이 떠오른다.

"그럼 대화가 필요하겠군."

"대화?"

의아한 표정을 짓던 그녀를 무시한 유정상이 자신의 손등을 바라보자 원형의 마법진이 그려지더니 빛을 뿌리기 시작했다.

그리고는 그 빛이 주변으로 옮겨가더니 그것이 인간의 모습으로 변해갔다.

번쩍.

강렬한 빛과 함께 하얀 옷에 하얀 모자를 쓴 젊은 금발의 미모의 여자가 생겨났다.

"클레오."

"파울라."

두 여자가 서로를 바라보며 상대방의 이름을 말했다.

하지만 유정상의 생각과 달리 별로 친한 관계로 보이진 않는다.

"뭐야? 모처럼 날 불러줘서 무슨 일인가 했는데."

"나도 이런 만남은 사절이야."

"누가 할 소리!"

만나자마자 으르렁대는 두 여자의 모습.

"내가 마음에 들었다는 건 무슨 이야기지?"

"뭐?"

유정상의 물음에 화들짝 놀라는 클레오.

그녀는 약간 붉어진 얼굴로 머리를 휙 돌려 파울라를 쏘아보았다.

그러나 파울라는 썩소를 날리며 어깨를 으쓱해 보일 뿐이다.

"아니었나?"

"아니거든."

"미안. 그냥 내 느낌엔 그렇게 생각되어서 말이지."

성의 없이 사과하는 그녀의 모습을 노려보던 클레오가 다시 시선을 유정상 쪽으로 돌렸다.

"겨우 이런 일로 날 부르지는 말라고. 여긴 별로 좋은 환경이 아니니까."

"하기야 빙결의 마녀가 지내기엔 혹독한 환경은 분명하지."

"네가 그렇게 여유 있게 말할 정도로 좋은 상황 역시 아닌 것 같은데?"

파울라가 여전히 깐죽거리며 놀리자 클레오가 날카롭게 일침을 놓는다.

그 말에 파울라의 입꼬리가 떨어지며 동시에 눈살을 살짝 찌푸렸다.

아마도 이 던전에 이상 현상이 생겼다는 이야기가 사실인 것 같았다.

"화염의 구슬 때문인가?"

무심한 듯이 물어보는 유정상의 질문에 파울라가 놀란 얼굴로 바라보았다.

그런데 클레오 역시도 처음 알게 된 사실인지 적지 않게 놀라고 있었다.

"화염의 구슬 때문이라니? 그게 정말이야?"

클레오가 큰소리로 파울라에게 물었다. 하지만 그녀는 클레오의 질문을 무시하고 유정상을 바라보며 낮은 목소리로 되물었다.

"인간인 네가 어떻게 그런 사정까지 알고 있는 거지?"

"글쎄?"

"......."

"어쨌거나 내 말대로 구슬 때문인 건 맞지?"

"그래....... 네 말대로다. 화염의 구슬을 억누르던 봉인의 일부가 깨져 버렸어."

상심한 표정으로 대답하는 파울라를 보며 클레오가 경악한 표정으로 물었다.

"봉인이 깨지다니 그게 정말이야?"

"......."

"그러면 정말 큰일이잖아."

"......."

아무런 말없이 심각한 얼굴로 유정상을 노려보면서 서있는 파울라

상황을 지켜보던 유정상이 문득 궁금한 표정으로 입을 열었다.

"그 봉인이라는 게 완전히 깨지면 어떻게 되는 거지?"

그 질문을 들은 파울라가 황당하다는 표정으로 대답했다.

화염의 구슬에 문제가 생겼다는 것은 알면서도 마치 화염의 구슬이 뭔지는 전혀 모르는 것 같은 질문이었기 때문이다.

"봉인이 깨지면 지옥의 불길에 던전은 소멸해버리는 거지. 그런데 넌 그런 사실도 모르면서 어떻게 지금의 상황을 알고 있는 거야?"

"……"

"비밀이 많은 인간이군. 어찌되었건 더 큰 문제는 따로 있다."

던전에 속해 있는 것 같은 그녀에게 던전 소멸보다 더한 문제가 있을 수 있는가에 대해 의아해하며 유정상이 물었다.

"그 문제가 뭐지?"

"아스모데우스가 깨어나게 된다."

"……!"

일순간 정적.

클레오도 그랬지만 주코까지 경직된 얼굴로 경악하고 있었다.

하지만 영문을 모르는 유정상은 그저 멀뚱한 표정으로 주변을 둘러보다 무미건조한 음성으로 파울라에게 물었다.

"그게 누군데?"

정적을 깨며 질문하는 유정상의 말에 파울라는 어이가 없다는 표정이 되어 버렸다.

"아스모데우스에 대해 모른다는 건가?"

"내가 알아야 하는 인물인가?"

"설마……. 마계 귀족 지옥불의 아스모데우스를 모른다고?"

이어지는 질문에도 유정상이 태연하게 고개를 끄덕이자

한숨을 쉰 그녀가 잠시 침묵하다 제법 긴 이야기를 시작했다.

그녀의 설명을 대충 요약하자면 이렇다.

마계의 최고 서열 귀족 중 하나인 아스모데우스는 과거 천 년 전 거대한 야심으로 타 차원을 침공했으나 드래곤들의 연합에 결국 저지당했고, 그들의 마법에 의해 구슬 속에 갇히게 된 것이다.

그런 구슬이 차원워프로 이동되어 이곳 던전에 자리 잡게 되었는데, 몇 달 전에 일어난 알 수 없는 충격이 던전 에너지에 이상을 일으켰다. 그 때문에 화염구슬의 표면에도 변화가 일어나게 되었다고 한다.

그런데 문제는 그 변화가 봉인된 구슬 표면의 약화라는 것.

결국 그곳에서 아스모데우스의 에너지가 세어 나오기 시작했고, 그 에너지가 던전에 영향을 미치며 이렇게 불지옥으로 변해가고 있다는 것이었다.

"표면의 틈을 막을 수는 없는 것인가?"

"막을 수 있다고 해도 소용없어, 이젠 표면을 단순히 막는 걸로 끝나지 않으니까."

"그게 무슨 소리지?"

"이미 구슬 안쪽에선 놈이 깨어나서 움직이기 시작했다는 뜻이다. 그러니 이젠 표면을 막는다고 해결될 문제가 아니라는 뜻이다."

"그럼 어떻게 해야 하는 거지?"

"알아도 해결방법은 없으니 차라리 모르는 게 속편할거다."

파올라의 말에 잠시 생각에 잠긴 유정상이 고개를 끄덕이고는 다시 입을 열었다.

"그럼, 그 문제는 잠시 미뤄두고, 혹시 말이야 이곳에 인간 무리가 있다고 들었는데 어디 있는 줄 아나?"

"역시 너의 목적은 그놈들이었군."

유정상의 물음에 순간 파올라의 표정이 싸늘하게 변해갔다.

별 트러블 없이 잘 이야기하던 파올라가 순간 멸시에 가까운 눈빛을 보내자 유정상은 영문을 모르겠다는 표정으로 물었다.

"무슨 말이야 그게?"

"결국 너도 인간이라는 것이지. 애초에 그 놈들과 같은 목적이었던 거야."

"목적이라고?"

"아니라고 발뺌이라도 하고 싶은 건가?"

"발뺌이고 뭐고, 나는 단지 오는 길에 그들을 구해달라는 부탁을 받았을 뿐이다. 그리고 내 목적은 그 화염의 구슬을 다시 봉인하는 것이고."

"네가 화염의 구슬을 봉인하겠다고? 허."

어이가 없다는 표정이 되어버리는 파올라.

잠시 그렇게 있던 파올라고 다시 표정을 굳히더니 유정

상을 쏘아보았다.

"네가 정말 그것을 할 수 있다면 그 인간들은 내가 책임지고 바깥으로 내보내주겠다. 물론 녀석들이 훔쳐간 물건을 곱게 내놓는다면 말이지."

"도대체 뭘 훔쳤는데?"

"정말 모르는 거냐?"

"나 참, 모르니까 묻잖아."

파울라가 잠시 유정상을 노려보았지만 그가 거짓말을 하고 있는 것 같아 보이지는 않았다.

"일단 그 이야기는 네가 정말 그 일을 해낼 수 있다면 이야기 해주지."

"아무튼 봉인에 성공하면 그들을 내보내준다는 약속은 틀림없겠지?"

"난 인간들처럼 약속을 어기는 짓은 하지 않는다."

그 말에 곁에 있던 클레오가 피식 웃더니 한마디 했다.

"정말이려나?"

"뭣?"

"일단 지금은 그 말 믿어줄게. 200년 사이 변했을지도 모르니까."

"너!"

뭔가 유정상은 알아들을 수 없는 그들 사이에 있었던 과거의 이야기를 하는 모양이다.

하지만 어쨌든 파울라가 약속을 어긴 경력이 있는 여자

라는 의미는 분명히 전해졌다.

유정상이 '그녀를 믿어도 되나?' 하는 미심쩍은 표정으로 바라보자 그와 눈이 마주친 파울라가 살짝 시선을 피하며 먼 산을 바라본다.

그러나 어차피 믿지 않는다 해도 아무런 대안이 없었기에 유정상이 낮은 한숨을 쉬며 입을 열었다.

"구슬은 어디에 있지?"

그 말에 그녀가 잠시 못미덥다는 표정이 되었다가 자신이 한 말도 있으니 할 수 없다는 생각에 손바닥 위에 불덩이 하나를 만들었다.

그리고 그것을 살짝 던지자 바닥에 닿는 순간 팍 하고 터지며 불길의 마법진을 만들었다.

"따라오라고."

파울라가 마법진 위에 올라서자 모두 그녀를 따라 그곳에 섰다.

그리고 팟 하는 순간 기묘한 느낌과 함께 눈앞이 붉게 변하더니 순식간에 주위배경이 변해버린다.

"여긴 어디지?"

유정상의 물음에 파울라가 어딘가로 걸음을 옮기며 대답했다.

"용암지대의 한가운데."

그리고 그녀의 대답과 함께 어두운 동굴을 벗어났고 곧이어 눈앞에 엄청난 용암지대가 펼쳐졌다.

어마어마한 열기는 둘째치고라도 거대한 강처럼 막대한 양의 용암이 흐르는 모습은 그것만으로 장관이 아닐 수 없었다.

"허, 엄청나다 진짜."

주코가 놀랍다는 듯 입을 떡하니 벌린다.

마계에도 불덩이로 이뤄진 지옥 같은 풍경이 흔하기는 했지만 이정도로 압도적인 광경은 녀석도 처음이었던 것이다.

그런 무섭도록 엄청난 광경을 바라보던 유정상이 파울라에게 물었다.

"화염의 구슬은 어디에 있다는 거지?"

"이 용암 호수의 한가운데."

파울라의 말에 순간 말문이 막혀버린 유정상이 잠시 용암의 호수를 바라보았다. 근처에 있는 것만으로도 엄청난 열기 때문에 전신이 후끈거리는데 그 속이라니.

난감함에 머리를 긁적이자 그런 유정상의 모습을 재밌다는 듯이 바라보던 파울라가 어깨를 으쓱하며 말했다.

"화염의 구슬 때문에 이곳을 헤엄칠 필요는 없으니까 그렇게 쫄지는 말라고."

그렇게 말하더니 오른손을 번쩍 들어올린다.

파울라의 그런 팔짓에 갑자기 용암들이 끌어 오르며 요동치기 시작했다.

가뜩이나 강한 열기가 더욱 강해지자 파울라와 클레오를

제외한 유정상과 백정, 주코는 뒤로 물러설 수밖에 없었다.

그들이 뒤집어쓰고 있는 가죽이 아무리 열기에 강하다고 해도 이 정도라면 견디기 힘들었다.

그런데 부글거리며 끓던 용암의 한곳에 회오리가 생성되기 시작했다.

그리고 용암 속에 생성된 회오리의 크기가 점점 커져만 갔다.

그 회오리가 용암의 호수 속에 자동차라도 지나갈 수 있을 것 같은 터널이 생겨났는데 아래쪽으로 뻗어 있었다.

그 모습을 유정상이 경악하며 바라보았다.

하지만 용암사이에 회오리 터널을 만들었다고는 해도 그 사이를 통과하려면 날아가야지 걸어갈 수는 없다. 유정상이 여전히 곤란한 표정으로 그녀를 바라보자 상황을 깨달은 파울라가 투덜거렸다.

"귀찮은 인간이군."

모두 비행이 가능한 존재들이지만 유정상은 아니었다.

그 때문에 파울라가 미간을 찡그렸다. 자신이 유정상을 안아 들고 날아갈 수도 있지만 그러기 싫었던 것이다.

그런 파울라를 바라보며 클레오가 피식 웃는다.

"왜 웃어?"

"그 문제는 내가 해결하면 되지."

그렇게 말하더니 손을 뻗었다.

그와 동시에 용암의 회오리 터널 속에 빛이 어리더니

하얀 얼음의 계단이 생겨났다.

본래라면 한순간에 열기로 사라질 테지만 그녀의 강력한 냉기에 보호된 터라 쉽게 녹지 않고 버텨내고 있었다.

파울라를 제외한 모두가 그 계단 위를 걸어 내려가기 시작했다.

파울라는 냉기를 별로 반기지 않는 터라 원래의 계획대로 비행마법으로 이동했던 것이다.

용암이 회오리치며 생겨난 터널 위에 새롭게 더해진 얼음의 계단.

그것은 굉장히 이색적이면서도 독특한 체험을 하게 만들었다.

본래라면 엄청난 열기 때문이라도 빠른 속도로 그곳을 통과하는 게 맞는 일이지만 바닥에서 올라오는 강력한 냉기로 인해 크게 부담스러울 정도는 아니었다. 그 때문에 나름 느긋한 걸음으로 그곳을 지나갈 수 있었다.

그러나 얼음의 계단도 그들이 지나치고 난 뒤에는 어김없이 녹아내리기 시작했다.

아무리 빙결의 마녀라고 해도 현재 그녀가 이곳에서 버티기 위해 사용하는 마력은 어마어마했기 때문에 냉기마법이 필요가 없는 이미 지나친 계단에서는 마력을 거둬들인 것이다.

그렇게 한참을 계속 아래로 내려가니 용암 터널의 끝이 보이기 시작했다.

그리고 그 끝에 다다르자 다시 펼쳐지는 거대한 회색지대.

모두가 그 회색지대로 빠져나오자 얼음의 계단과 함께 회오리 터널도 함께 사라져 버렸다.

파울라는 터널을 나와서도 계속 어딘가로 비행마법을 이용해 앞장서서 이동해갔다.

그런데 이 지역은 용암의 호수가 침범하지 않는 이상한 공간이었다.

무언가 강력한 힘이 밀어내는 것처럼 특정한 경계를 두고 용암이 이곳에는 들어오지 못하고 있었으니까.

분명 아래로 내려왔다는 것은 따지고 보면 이곳도 용암으로 가득 차 있어야 상식적으로 납득이 되지만, 이곳은 완전히 분리된 공간처럼 용암들이 침범하지 못하는 것이다.

그러한 유정상의 의구심을 눈치 챘는지 파울라가 냉담한 표정으로 바라보며 입을 열었다.

"인간의 어쭙잖은 상식으로 모든 것을 이해할 수는 없는 일이다."

유정상도 그 말에는 공감한다는 듯이 가볍게 고개를 끄덕이고는 그녀를 따라 다시 이동하기 시작했다. 이런 것을 보고도 상식이 어쩌고 할 만큼 바보는 아니었으니까.

이곳은 다른 곳과 전혀 다른 느낌의 장소였다.

잿빛의 하늘과 주변에 잔뜩 끼어 있는 회색의 안개. 아까와 달리 열기는 별로 없다. 그러나 알 수 없는 칙칙한 기운에 몸이 무거워진다.

그런 유정상의 궁금증을 풀어주려는지 파울라가 입을 열었다.

"이곳은 완충지대다."

"완충지대?"

"던전의 에너지가 몰려 있는 곳이라 외부와는 완전히 차단되어 있는 것이지."

"그럼 이곳에도 던전의 핵이 있는 건가?"

"낮은 등급의 던전과는 다르지. 이곳 전체에 핵에너지가 고루 퍼져 있어 쉽게 파괴되지는 않는다."

"그만큼 안정적이라는 뜻인가?"

"그렇다."

파울라가 그렇게 대답하는 사이 어느새 그 완충지대라고 하는 회색지대의 끝에 다다랐다.

하늘로 뻗어있는 거대한 회색의 벽.

미끈거리는 벽이 신비롭다.

그러면서도 약간 출렁거리는 듯 보이게 단단한 물질로 만들어 진 것은 아닌 듯싶었다.

그런 묘한 매력에 유정상이 자신도 모르게 그것에 손을 뻗자 파울라가 소리쳤다.

"그만둬. 영원히 갇히고 싶지 않으면."

그 말에 손을 멈칫했다.

정확한 사정은 모르지만 어쨌건 좋은 결과가 생기지는

않을 것이라는 뜻이니 바보짓을 할 수는 없는 일이다.

　유정상이 파울라를 돌아보니 그녀는 신비로운 회색의 벽을 올려다보며 설명했다.

　"던전의 창조자인 신의 흔적. 나조차도 그 정체를 알지 못해. 그저 손을 대면 그 벽과 함께 동화되어 버린다는 것 정도만 알고 있을 뿐이다."

　"쉽게 말해 뒈지고 싶지 않으면 건들지 말라는 말이군."

　"말귀를 잘 알아들으니까 좋군. 어쨌든 목적지는 이 너머에 존재하고 있다."

　"넘어가는 방법은 알고 있을 테지?"

　"아쉽게도 그건 나도 모른다."

　파울라의 무책임한 말에 클레오가 황당하다는 표정으로 버럭 했다.

　"넌, 방법도 없다면서 뭣 하러 우릴 여기까지 데려 온 거야?"

　"그건······."

　정확한 이유는 파울라도 알 수가 없었다.

　그녀는 분명 이곳을 통과하는 게 불가능하다는 사실을 인식하고 있었다.

　그럼에도 불구하고 그냥 그를 이곳에 데려오면 무슨 방법이 생기지 않을까하는 막연한 기대감이 생겼다고나 할까? 이성적으로는 절대 이해할 수 없는 그런 힘에 이끌려 그를 이곳에 데려온 것이다.

그렇게 클레오의 물음에 쉽게 답하지 못하고 있는 와중에 유정상은 그저 회색의 벽을 둘러보고만 있었다.

만질 수 없는 물질로 만들어진 벽.

그것을 바라보며 혹시나 하는 생각에 커서를 그곳에 가져다 대보았다.

회색의 벽 앞에 커서를 멈춰 세운 후에 잠시 심호흡을 하고는 그대로 깊숙이 밀어 넣었다.

어쩌면 하는 생각으로 무턱대고 저지른 행동이었지만 혹시 커서에게 안 좋은 영향이 생기면 어쩌나 하는 불안감도 있었다.

그런데 커서가 닿은 벽이 출렁거렸다.

그러더니 마치 열쇠로 열린 문처럼 둥그런 모양으로 커다란 구멍이 생겨난다.

그 모습에 클레오와 투닥거리던 파울라의 입이 놀람으로 벌어진다.

"어, 어떻게?"

그 모습에 클레오가 시선을 돌리고는 같이 놀랐다.

이곳을 안내한 파울라마저도 접촉이 불가능한 벽이라고 했는데 유정상이 손도 대지 않고 구멍을 내고 있으니 놀라지 않을 수 없었다.

둘이 놀라고 있는 동안에도 그 구멍은 점점 커지더니 사람이 통과할 수 있을 정도가 되었다.

유정상 역시도 자신이 한 일임에도 적잖이 놀라고 있는 상황.

커서가 회색의 벽안으로 들어갈 때까지만 해도 조금 놀라기는 했지만 크게 신경 쓰지는 않았다. 지금까지 보아온 커서라면 그럴 수도 있을 거라고만 예상했으니까.

그런데 그런 커서가 갑자기 그 벽에 들어가서는 구멍을 만들어내기 시작하자 유정상은 순간적으로 소름이 돋는 느낌이었다.

도대체 어째서 커서는 신이 만들었다는 벽을 쉽게 통과하고 또 그것에 구멍까지 만들 수 있는 것인가? 어쩐지 그동안 품어왔던 커서의 정체에 대한 의문을 해결한 실마리가 조금씩 풀리는 것 같은 기분이었다.

그런 생각이 머리에 스칠 때 쯤 어느 샌가 구멍이 완전한 통로를 만들어 버렸다.

처음 생길 때는 둥근형의 터널모양이었는데 점점 직사각형의 형태로 변하며 넓은 길이 생겨난 것이다.

그리고 그 너머의 모습이 눈에 보인다.

유정상이 먼저 그곳을 통과하자 다른 이들도 얼떨떨해하며 그를 따라서 지금 막 생겨난 그 길을 통과했다.

그리고 그들의 눈앞에 펼쳐진 새로운 공간은 거대한 궁전의 실내처럼 보였다.

그런데 그 크기가 상식 밖의 크기였다.

"어떻게 이런 곳이?"

파울라도 전혀 예상 못한 장소였는지 꽤나 놀라고 있었다. 물론 클레오도 마찬가지였다.

그녀들은 그동안 던전 속에서 나름의 역할을 하며 오랜 세월을 보냈지만 던전 안에 이런 곳이 존재한다는 건 전혀 알지 못했던 것이다.

특히나 이 던전의 수호자라 할 수 있는 파울라의 경우엔 그 놀람이 더 컸음은 당연한 일이었다.

그렇게 그들이 궁전 같은 실내에 들어서 사방을 둘러보는 동안 한쪽 편에는 이글거리는 붉은 기운이 보인다.

모두 실내의 한가운데로 걸어가자 거대한 받침대 위에 놓여있는 웅장한 느낌의 구슬.

대충 봐도 구슬의 폭과 높이는 5미터 이상으로 거대했다.

그것을 보며 유정상이 입을 열었다.

"이것이 화염의 구슬?"

"그래."

파울라가 고개를 끄덕이며 대답했다.

그녀도 사실 화염의 구슬을 직접 본건 처음이었다. 그러나 그것이 던전에 처음 등장했을 때부터 느껴지던 존재감 때문에 이것이 바로 화염의 구슬이라는 건 저절로 알 수 있었다.

그런 구슬의 측면에 살짝 실금이 그어져 있다.

"저게 원인인 것 같군."

유정상이 그것을 보며 말하고는 파울라를 돌아보았다.

"이젠 어떻게 해야 하지?"

그 질문에 파울라는 잠시 생각에 잠긴 듯 말없이 구슬을 바라보았다.

그녀는 솔직히 여기까지 들어올 수 있을 거라고는 기대하지 않고 있었다. 애초에 회색의 벽을 통과할 수 있을 거라고도 생각하지 않았으니 당연한 일이었다.

그러나 결국 여기까지 들어왔고 눈앞에 거대한 화염의 구슬까지 있는 마당이었으니 조금은 기대감이 생겨야 할 테지만 여전히 해결 불가능한 가장 큰 문제는 따로 있었다.

그것을 생각한 파울라가 우울한 표정으로 조용하게 말했다.

"구슬 속으로 들어가 녀석을 제압해야만 한다."

"녀석이라면?"

"바로 아스모데우스다."

그 말에 주코가 버럭 소리를 질렀다.

"말도 안 돼! 아스모데우스를 무슨 수로 제압하라는 거야? 주인, 너무 위험한 일이다. 이건 승산이 없어."

"이제까지도 넌 항상 그렇게 말해왔잖아."

"이제까지 상대했던 놈들과는 차원이 다른 놈이라고!"

"그것도 했던 말이지."

"젠장, 이번엔 진짜 다르다니까!"

주코가 정말 흥분했는지 목이 쉴 것처럼 버럭 소리를 치자 그 모습에 살짝 놀란 유정상이 잠시 녀석을 바라보다 피식 웃었다.

어쩐지 그 반응만 살펴도 상대가 얼마나 강한지는 짐작할 수 있을 것 같았다.

하지만 잠시 주코를 내려다보던 유정상은 단호한 음성으로 대답한다.

"피할 수도 없는 일이잖아. 가만 놔두면 결국 바깥세상에 피해를 주게 된다고. 그렇게 되면 결과적으로 우리 가족 역시 위험해질지도 모르고……. 그럼 난 정말 감당 못하게 된다."

"젠장, 알고 있어. 하지만 진짜 강한데. 정말 강한데. 말할 수 없을 정도로 강한데."

"……."

뭔가 신파처럼 흘러가는 분위기가 마음에 들지 않았는지 파울라가 눈썹을 파르르 떤다.

"그만해. 이것들아! 보는 내가 다 민망하다."

"나도."

곁에 있던 클레오도 그녀의 말에 동조했다.

"좋아. 어쨌건 그렇게 결정했다면 일단 길은 내가 열어주도록 하지."

파울라의 말에 곁에 있던 클레오가 갑자기 예상하지 못했던 말을 했다.

"나도 따라 들어갈래."

"뭐? 네 던전도 아닌데 왜 그런 위험을 감수하려 하는 거야?"

오히려 놀란 파울라가 클레오에게 물었다. 그러자 클레오는 담담한 표정으로 고개를 가로저으며 대답했다.

"저 녀석이 아니었으면 내가 있던 던전도 결국 사라지고 말았을 거다."

"네가 그동안 잘 막고 있던 거 아니었어?"

"잘 막긴, 위태위태해서 언제 뚫려도 이상하지 않았어. 거기다 방해꾼 인간들까지 들락거리는 바람에 얼마나 힘들었는데."

그 때문에 인간을 증오했던 클레오였다.

그런데도 이렇게 나서는 걸 보면 확실히 블랙로브를 뒤집어 쓴 인간의 도움이 정말 컸다는 건 사실일지도 모르고, 더불어 그의 능력도 생각 이상일지 모른다는 생각이 머리를 스쳤다.

그런 클레오의 말에 잠시 찡그리던 파울라가 할 수 없다는 듯 어깨를 축 늘어뜨렸다.

어쨌거나 평소에 사이가 좋지 않던 클레오마저도 자신의 던전을 위해 저렇게 나서는데 자신이 그걸 구경만하고 있을 수는 없는 일이 아닌가.

결국 힘없는 목소리로 파울라가 말했다.

"그럼 나도 들어가서 돕도록 하지."

그 말에 클레오가 그녀를 바라보며 피식 웃었다.

그런데 그녀들의 모습을 지켜보던 주코가 싱글거리며 유정상에게 말했다.

"그럼, 난 밖에서 기다릴게. 주인."

"닥치고 따라 들어와라. 계약취소 당하기 싫으면."

"넵!"

잠시 후 파울라가 마력을 끌어 모으기 시작했다.

구슬에 대한 정보는 이미 앞전의 던전 마스터이자 그녀의 스승인 엘루가에게 오래전에 들은바가 있었다. 거기다 필요한 마법에 대한 것도 배웠다.

그런 그녀였기에 어렵지 않게 구슬표면에 불꽃의 실선을 그어 마법진을 만들었다.

그리고 그 마법진이 발동하자 모두 그곳에 빨려 들어갔다.

샤아아아아아.

모두가 그곳에 빨려 들어가자 암흑의 공간이 그들 앞에 나타난다.

그런데 모두의 모습이 일그러지며 허공에 뜬 채로 어딘가로 이동해갔다.

시간의 흐름과 공간이 왜곡된 탓에 전혀 감도 없는 상태로 새로운 장소가 그들 눈앞에 모습을 드러낸다.

화염의 구슬속이라고 해서 어떨까 싶었는데 결국 새로운 용암지대의 모습이다.

새로운 장소라기보다는 던전 속 던전이라는 느낌에 더
가까웠다.

　【천년 만에 손님인가?】

　갑자기 울리는 듯한 소리에 모두 흠칫하며 놀랐다.

　유정상도 그 기괴한 음성에 전신에 소름이 돋는 것 같은
기분이었다. 하지만 전혀 그런 내색을 하지 않고 평소처럼
냉담한 음성으로 묻는다.

　"네가 아스모데우스냐?"

　유정상의 질문에 상대는 잠시 뜸을 들이는가 싶더니 다
시 그 소름 돋는 목소리가 들려왔다.

　【흐음, 인간…… 인가?】

　"무슨 문제라도 있나?"

　【아니, 이런 곳에 인간이 찾아올 수 있다는 생각을 전혀
못했거든.】

　"나도 이런 곳까지 찾아와야 할지는 몰랐다."

　【하하하, 그런가? 이거 귀찮게 한 모양이군.】

　마치 오랜 친구와 대화하는 듯 평온하고 친근한 음성이
었다.

　"맞아. 네가 계속 이곳에 조용히 있어줬으면 좋겠지만
그럴 생각이 없는 것 같으니 어쩔 수 없이 찾아온 거다."

　【미안하게 되었군. 이곳도 나쁜 곳은 아니지만 천년은
너무 길었어.】

　그 말과 함께 검은 연기가 사방에서 모여들며 회오리치

더니 인간의 형상을 만들어낸다.

그리고 순식간에 화려한 황금색깔로 치장된 중세풍의 귀족 복장을 한 은발의 미소년 모습으로 변했다.

보석처럼 빛나는 눈동자를 가진 미소년은 유정상을 바라보더니 이내 온화하게 미소 지었다.

외모만 보면 마계가 아닌 천계의 인물처럼 보인다.

그런 그가 여전히 미소를 지우지 않은 채로 말했다.

【이젠 슬슬 여기를 벗어날 때도 된 거지.】

"네 사생활에는 관심 없지만 그게 내게 영향을 준다면 이야기는 또 다르니까."

【그런가? 이곳에서도 난 환영을 받지 못하는 존재라는 거군.】

"그런 거지 뭐."

【아쉽군.】

말처럼 정말 아쉽다는 표정의 아스모데우스를 바라보던 유정상이 피식 웃었다.

다른 마족들처럼 무식하게 싸움부터 시작하고 볼 줄 알았는데 의외로 친근한 느낌을 주고 있으니 그건 그것대로 색다른 느낌이었던 것이다.

그런데 주변 분위기는 그런 그와 전혀 달랐다.

마치 친구처럼 대화하고 있는 와중에 다른 이들은 그저 엄청난 압박감에 그저 눈만 껌벅거리고 있을 뿐이었다.

특히나 파울라나 클레오의 경우엔 은근한 기세를 풍기는 아스모데우스와 이렇게 격의 없이 대화하는 유정상이 인간 같지 않아 보였다.

하지만 그런 평화로운 대화의 분위기와 달리 그들의 주변에는 엄청난 기세가 뿜어져 나오기 시작했다.

특히나 아스모데우스의 경우엔 천년동안 갇혀 있었다는 게 믿기지 않을 정도로 엄청난 기세가 뻗어 나와서 자연스럽게 주변을 장악하고 있었다.

"잠깐!"

【……?】

유정상은 곧 모여 있는 이들 쪽으로 시선을 돌렸다.

"너희들은 이 싸움에 끼지 마라."

"인간 너 혼자서는 무리다."

"삐이이이!"

"객기부리지 마라. 주인."

유정상의 말에 모두가 깜짝 놀라며 말렸지만 유정상은 슬쩍 미간을 찌푸리고 고개를 흔들며 한 번 더 단호하게 말했다.

"내 말대로 해라."

그들의 모습을 지켜보던 아스모데우스가 갑자기 큰소리로 웃었다.

그러더니 자신도 손을 휘젓는다.

그러자 주변에 있던 공기가 일렁이더니 거대한 형상을

만들다 곧 땅속으로 꺼지듯 사라져 버렸다. 아스모데우스의 친위대인 칠마귀살대가 자신의 모습을 완전히 숨기고 곧 벌어진 싸움에 대비하다 그의 손짓에 모두 물러선 것이다.

주변에 그런 놈들이 있을 것이라고는 전혀 눈치 채지 못한 클레오와 파울라는 미간을 잔뜩 찌푸리다 곧 유정상의 말대로 그곳에서 한참 물러섰다.

인간인 유정상이 주변에 그런 놈들의 존재를 눈치 챌 정도의 막강한 인간이라는 사실을 새삼 확인하고는 자신들이 이 싸움에 오히려 방해가 될 것임을 깨닫게 된 것이다.

그렇게 모두가 그들에게서 물러서자 잠시 서로를 바라본다.

【모처럼 마음에 드는 인간을 만났는데, 친구가 될 수 없다니 마음이 아프군.】

"나도 마족 중에 너처럼 괜찮은 녀석이 있다는 사실이 놀라울 뿐이야."

【그건 고마운 일이군.】

피식 웃은 아스모데우스가 오른손 검지를 까닥거리자 주변의 풍경이 변해 버렸다.

용암지대였던 곳이 넓은 사막으로 변한 것이다.

【이런 곳이라면 우리의 싸움에 괜찮은 무대일 것 같아서 말이지.】

확실히 신의 권능에 가까운 능력을 발휘하는 그를 보면서 이곳은 아스모데우스의 홈그라운드나 다름없는 곳이라는 걸 새삼 깨달았다.

"이제 시작하자고."

【홋. 알겠다.】

아스모데우스의 복장이 황금빛의 귀족적 복장에서 붉은 색의 전사복으로 변했다.

가죽 보호복 형태의 활동이 편한 바지와 붉은 장갑이 무척이나 어울리는 느낌이었다.

유정상도 몸의 에너지를 끌어올리며 놈과 마주섰다.

푸쉿.

뭔가 엄청난 것이 유정상에게 날아들었다.

그러나 그것을 가볍게 주먹의 기파로 쳐냈다.

앙테크리스트와 싸울 당시만 해도 저 정도 공격 하나면 이 싸움은 그냥 끝났을 지도 모른다.

하지만 지금은 별 위협이 안 된다고 판단했는지 커서 방패조차도 움직이지 않았다.

유정상의 기파에 튕겨나간 물체가 근처에서 폭발을 일으키며 불꽃이 타오른다.

자신의 갑작스런 공격에도 가볍게 대처하는 유정상의 모습에 아스모데우스는 예상보다 더 강한 무력에 조금 놀랐다는 표정을 지어 보인다.

그런데 이번에는 유정상이 가벼운 손짓 하나로 폭격펀치를 녀석에게 시전하자 그의 머리위에서 많은 수의 기파가 떨어져 내렸다.

콰가가가가가.

그러나 녀석의 몸 주위에 생겨난 반투명한 방어막을 뚫지 못하고 그대로 소멸해 버렸다. 물론 아스모데우스 주변에 떨어진 기파로 인해 바닥은 온통 구덩이 투성이다.

그것을 시작으로 두 존재의 진짜 싸움이 시작되었다.

이네크의 걸음으로 빠르게 다가간 유정상이 놈의 전신에 주먹을 날리자 그것을 피해내며 입으로 불을 뿜은 아스모데우스.

하지만 화염에 대한 내성이 강화된 유정상은 큰 데미지를 입지 않았다. 그리고 그에게 접근하며 다시 폭격펀치를 날린다.

그것을 다시 반투명 실드로 막으며 손가락을 휙 그어버리자 강렬한 붉은 에너지파가 유정상을 덮쳤다.

파아앙.

그때 갑자기 생겨난 커서 방패.

분명 큰 타격을 줄 수 있을 거라 믿었던 아스모데우스는 갑작스런 방패의 출현으로 꽤나 놀라고 말았다. 하지만 이내 피식 웃으며 말했다.

【아까부터 그 화살표모양의 물건이 계속 신경 쓰이고 있었는데 이런 기능도 가지고 있었던 거군. 그래, 그 자신감이 어디서 오는 가 했더니 나름 믿는 게 있었다는 거였어.】

이미 녀석도 유정상 주위에 있던 커서의 존재를 이미 파악하고 있었던 것이다.

하지만 어느 정도 예상했던 일이라 별로 놀라지 않은 유정상이 어깨를 으쓱했다.

"이게 전부는 아니지."

【……?】

녀석이 살짝 고개를 갸웃거리는 순간 놈의 머리위에서 강력한 에너지파가 떨어져 내렸다.

버스터펀치.

그것이 떨어지자 녀석이 이번에도 반투명의 실드를 전개했다.

그러나 이번엔 폭격펀치와는 위력자체가 다르다.

콰아아아앙.

폭격펀치라면 실드에 부서져 나갔을 테지만 이번엔 엄청난 폭발을 일으켰다.

그 충격에 아스모데우스의 몸이 휘청거렸고 그 힘을 감당하지 못한 바닥이 주저앉는다.

덕분에 놈의 몸이 반쯤 땅속으로 파고들어갔다.

그 상태로 놈의 머리위에 다시 폭격펀치를 시전했다.

콰가가가가가가.

빠른 속도로 떨어져 내리는 기파들.

그 때문에 주변에 먼지가 자욱해진다.

그런데 그곳을 바라보던 유정상이 고개를 살짝 갸웃하더니 곧바로 이네크의 걸음까지 쓰면서 빠르게 움직인다.

그런데 그런 그의 발밑에서 불덩이가 연쇄폭발을 일으키며 유정상의 움직임을 쫓았다.

쾅. 쾅. 쾅. 쾅. 쾅.

빠르게 움직이던 유정상이 이동의 팔찌를 이용해 몸을 공중으로 날렸다.

그러자 희뿌연 먼지가 걷히는가 싶더니 땅속에서 아스모데우스가 튀어나오며 그를 쫓아 몸을 날린다.

그리고 놈의 손이 공중에서 요란하게 휘적거리자 사방에서 불덩이가 모여들며 유정상에게 날아들었다.

유정상이 몸을 이리저리 움직이며 피하자 불덩이의 움직임 역시 더 빨라지며 끝까지 달려든다.

그러자 그는 바닥에 착지하더니 다시 이네크의 걸음을 써서 신묘함이 깃든 움직임을 선보이며 빠르게 이동한다.

그 위로 떨어져 내리는 불덩이들.

그러나 유정상은 그 모든 것을 다 피해내 버렸다.

먼 곳에서 두 사람의 싸움을 지켜보던 클레오와 파울라는 그저 입을 벌리고 바라보고만 있을 뿐이었다.

특히 파울라의 경우엔 블랙로브 인간이 제법 강하다는 건 알고 있었지만 이 정도일거라고는 정말이지 조금도 예상하지 못했기 때문에 그저 멍하게 바라보고 있을 뿐이었다.

눈으로 쫓기 힘들 정도의 현란한 움직임.

아스모데우스가 강하다는 건 알고 있었지만 이미 그녀의 예상을 한참 초월하는 능력을 보여주고 있었다.

그럼에도 불구하고 인간의 능력은 결코 그 아스모데우스에게 전혀 밀리지 않고 있었다.

조금 전까지만 해도 겨우 인간 따위라고 생각했었기에 정말 경악스러운 상황이었다.

물론 자세히 보자면 아직은 여유가 있는 아스모데우스에 비해 유정상은 전력을 다하고 있으니 그런 그녀의 생각이 정확한 것은 아니었다.

하지만 그런 생각이야 어찌되었건 대등하게 싸우고 있는 건 사실이었으니 굳이 따지자면 아주 틀린 것도 아니었다.

그러나 그녀들과는 달리 주코는 안절부절 못하고 있었다.

유정상이 비록 예상 밖으로 잘 싸워주고는 있었지만 그가 전력을 다해 싸우면서도 놈을 전혀 앞도하지 못한다는 건 교감능력만으로도 잘 알고 있었으니 당연했다.

물론 백정역시도 그런 사정을 모르지 않기 때문에 걱정스러운지 삐삐거리며 바닥을 네발로 쓱쓱 긁어대고 있었다.

그런데 그때였다.

콰아앙.

아스모데우스의 강력한 불 공격을 막아낸 커서 방패가 뒤로 튕겼다.

그리고 그 허점을 확인한 놈이 유정상에게 빠르게 달려들며 손가락으로 까닥거리자 강렬한 화염의 불길이 유정상을 감싸 버렸다.

이번에야 말로 완벽하게 움직임을 봉쇄하고 빠져나갈 구멍이 없다고 생각한 녀석이 주먹을 움켜쥐는 시늉을 하자 주변에 생성된 화염이 일제히 유정상에게 모여들었다.

그 순간 유정상의 손가락에 있던 반지가 빛을 발했다.

퍼어엉.

강력한 얼음이 유정상을 중심으로 생겨나더니 순간 폭발을 일으켰다.

그리고 그 얼음 조각들이 사방으로 퍼져나간다.

그러자 그 얼음 조각들에 의해 그를 압박해 들어오던 불덩이들이 순식간에 소멸해 버렸다.

위급한 순간 유정상이 새롭게 장착한 '빙결의 폭탄반지'를 사용한 것이다.

【하핫, 굉장하군. 놀라워.】

진심으로 감탄한 아스모데우스가 웃으며 즐거워했다.

비록 예전의 힘을 완전히 회복하지는 못했지만 이런 즐거운 전투는 정말 오랜만이라 저도 모르게 감탄한 것이다.

거기다 인간과 이렇게 신나게 싸워본 적이 없었던 탓에 더욱 그를 즐겁게 했다. 아니, 그것보다 인간이란 존재가 이렇게 강할 수 있다는 사실에 새삼 놀라고 있었다.

【어떻게 짧은 생명을 가진 인간의 몸으로 그렇게 강해질 수 있었던 거지?】

"설명하기는 쉽지 않지만 우연하게 그런 기회를 얻었다고 해두지."

방금까지 그렇게 정신없이 싸운 자들끼리의 대화라고는 믿기지 않을 정도로 분위기가 좋다.

【호오, 기연이라도 얻은 게로군.】

"맞아. 기연이지."

유정상이 아스모데우스의 말에 고개를 끄덕였다.

그러고 보니 과거로 오기 직전의 유성이라고 생각했던 그 빛이 자신에게 덮쳤을 때가 떠올랐다. 처음엔 모든 것이 끝장나버릴 것 같던 자연재해라고 생각했는데 결국 그건 기적과도 같은 행운이었다.

하지만 지금은 그런 감상에 젖어있을 틈이 없다.

"잡소리는 그만하고 계속하지."

【성격이 급한 친구로군.】

곧이어 유정상과 아스모데우스의 싸움이 다시 시작되었다.

콰가가가가가.

쿠아앙.

번쩍. 번쩍.

사방에서 엄청난 충격파가 발생했고, 거의 동시에 폭발음과 함께 스파크, 화염, 바람들이 생성된다.

이렇게 엄청난 싸움을 본 적이 없었던 두 명의 여자들은 그 상황에 압도당하고 있었다.

하지만, 한편으로는 인근에서 몸을 숨기고 대기 중인 아스모데우스의 친위대, 천마귀살대가 신경 쓰이고 있었다.

그들의 싸움을 지켜보면서도 주위를 꼼꼼하게 스캔하며 살폈지만 전혀 감지되지 않을 정도로 엄청난 놈들이라는 사실에 새삼 놀라고 있었다.

인간이 아스모데우스를 이긴다는 기적이 설사 일어난다고 해도 저놈들이 가만히 있을지도 의문이었다.

그런 와중에도 쉴 새 없이 싸움은 진행되고 있었다.

"헉. 헉."

싸움이 생각이상 길어지자 유정상도 서서히 지쳐가고 있었다.

하지만 곧바로 클린볼과 생명포션, 마나포션을 몸에 흡수시켜 다시 몸을 회복하고는 녀석에게 버스터펀치를 날렸다. 하지만 이젠 이 공격도 익숙했는지 가볍게 피해내는 아스모데우스.

그러나 이제까지 녀석의 공격을 막아내기 위해 방패로 변해있던 커서가 다시 황금검으로 변하고는 녀석을 향해 우타슈의 검술을 펼치기 시작했다.

그동안의 전투경험으로 인해 우타슈의 검술 레벨이 꽤나 올랐는지 움직임이 더욱 날카롭게 변해있었다. 그 때문에 갑작스런 검술공격을 당한 아스모데우스도 적잖이 당황하고 있었다.

유정상의 특수능력을 방어 쪽에 한정되었다고 생각한 상태에서 방어는 좀 등한시하고 공격에만 신경을 쓰고 있었기에 갑자기 방패가 황금검으로 변하자 적절한 대응을 하지 못한 것이다.

하지만 그보다 그 검술에서 뭔가 알 수 없는 거북함이 아스모데우스의 나쁜 기억을 건드렸다.

그것이 무엇인지 떠올리려 했지만 당장은 떠오르지 않는다.

그 때문에 아스모데우스의 표정이 살짝 굳었다.

파팟.

그런데 그때 유정상이 다시 녀석을 향해 달려들어 주먹기파를 날린다.

강력한 기파가 아스모데우스를 덮치려는 순간 그의 몸이 소멸하듯 사라져 버렸다.

'워프?'

녀석의 순간적인 블링크로 잠시잠깐 위치를 잃어 버렸지만 이내 황금검이 녀석의 위치를 인식하며 추적을 시작한다.

그 때문에 곧 유정상의 감각에 다시 놈의 위치가 잡혔다.

같은 장소이면서도 다른 위치.

일종의 공간외곡으로 놈이 주변을 맴돌고 있다는 것을 인식하고는 황금검을 조종하며 녀석의 흔적을 쫓았다.

커서 특유의 추적술이 황금검에 가미되자 그 집요한 움직임에 결국 아스모데우스는 다시 자신의 모습을 드러내고 말았다. 공간외곡 따위로 떨쳐낼 수 없다는 사실을 인식한 것이다.

【굉장해. 너의 능력은 정말 감탄할 정도다.】

아스모데우스의 감탄어린 목소리에도 감응 없이 황금검의 공격은 계속되고 있었다.

녀석도 더 이상 맨손만으로는 상대하기 어렵다고 생각했는지 지금까지 보여주지 않았던 자신의 화염보도를 아공간에서 꺼내들었다.

붉은색의 거대한 화염보도가 그의 손에 쥐어지자 귀기를 흘리며 비명을 지른다.

우우우우우우웅.

그리고 곧바로 빠르게 휘둘러지며 황금검과 맞부딪쳤다.

쿠릉. 쿠르르르.

천둥이 울리는 듯한 폭음과 공명.

그 충격이 유정상에게 덮쳤다. 그러나 새롭게 만든 신형 블랙로브의 힘이 유정상을 보호했다.

【핫핫핫. 좋아! 좋아!】

놈의 거친 공격이 시작되자 황금검이 조금씩 밀리기 시작했다.

압도적인 파워와 기세가 유정상의 전신을 압박해 들어갔다.

그동안 잠자고 있던 녀석의 힘이 서서히 살아나기 시작한 것이다.

그런 놈의 모습에 클레오와 파울라가 경악했다.

아스모데우스의 힘이 점점 강해지고 있다는 걸 그녀들도 느끼고 있었던 탓이다.

그렇다고 이 싸움에 끼어들 수도 없는 일.

이미 그들의 능력을 벗어난 스케일의 싸움이 되어버린 데다가 칠마귀살대까지 인근에 몸을 숨기고 있으니 쉽게 움직일 수도 없다.

괜히 끼어들었다가는 전혀 도움도 못되고 그나마 죽도록 싸우고 있는 인간에게 피해만 줄지도 모르니 그저 답답할 뿐이었다.

콰가가가가가가.

놈이 황금검을 밀어붙이는 상황에서 다시 폭격펀치가 떨어졌다.

하지만 이제는 아예 폭격펀치 정도는 그냥 몸으로 견디며 계속 황금검을 몰아붙인다.

놈의 힘이 서서히 깨어나니 낮은 레벨의 공격으로는 아예 먹히지도 않는 것이다.

그때였다.

놈의 공격에 계속 밀리던 황금검에서 기묘한 느낌이 유정상에게 전달되었다.

아스모데우스와의 싸움이 시작되면서 조금씩 느끼고

있었지만 정신없던 와중이라 무시하고 있었는데 지금은
달랐다.

그리고 분명한 의지를 전달해 왔다.

[봉인을 풀고자 한다.]

[허락해주겠나?]

순간 머릿속을 울리는 기괴한 음성.

그러나 그 의지가 너무 단호하여 유정상은 바로 고개를
끄덕이며 대답했다.

"좋아. 허락하겠다."

쿠가가가가가가.

황금검의 표면이 터져나가기 시작했다.

그러자 그 변화에 흠칫한 아스모데우스가 공격을 멈추고
뒤로 물러섰다.

그리고 놀랍다는 표정과 함께 또 다시 감탄을 할 수밖에
없었다.

겪으면 겪을수록 계속해서 새로운 모습을 보여주는 이러
한 존재는 수천 년을 살아온 그도 아직 경험하지 못한 상대
였기 때문이었다.

그런 그의 눈앞에서 황금검이 변화를 일으키기 시작했
다.

검 표면의 황금색이 검은색으로 물들었고 동시에 그 검
주위로 검은 형체가 만들어진다. 그러더니 곧 검을 쥔 사람
의 형상이 생겨나고 곧이어 자세한 모습이 드러났다.

어두운 회색의 허술해 보이는 고철갑옷을 입은 기사가 유정상의 눈앞에 나타난 것이다.

갑자기 생겨난 기사.

그 때문에 조금 놀라면서도 뭔가 양철을 뒤집어 쓴 것 같은 허술한 모습에 유정상이 살짝 실망했다. 그러나 그런 그와 달리 아스모데우스의 얼굴은 경악에 물들어 있었다.

【우, 우타슈?】

더듬거리며 하는 아스모데우스의 말에 유정상이 놀라고 말았다.

자신이 우타슈의 마검을 가지고 있고, 그의 검술까지 스킬로 익히고 있는 상태라 그 이름을 모를 수가 없었던 것이다.

하지만 어째서 마검이 아닌 황금검을 통해 모습을 드러낸 것인지는 알 수 없었다.

[오랜만이구나 아스모데우스.]

【네, 네놈이 어째서?】

꽤나 당황했는지 느긋하기만 하던 아스모데우스가 더듬거리기까지 했다.

[스킬 속에 내 영혼이 봉인되어 있었다가 방금 주인의 허락으로 나올 수 있었지.]

【주인? 그런가… 어쩐지……. 그 검술, 눈에 익더라니.】

[끝내지 못한 너와의 승부를 마무리하고 싶다.]

【제길, 이놈의 악연은 도대체 언제쯤 끝내려하는 건지.】

[너와의 승부를 결판내지 못한 것이 한이었는데 이제야 풀 수 있겠구나.]

【하지만 그 꼴로 나와 승부를 낼 수나 있겠는가?】

[상관없다.]

그렇게 말하는 사이 유정상에게 메시지가 생성되었다.

[200만 골드 가격의 황금갑옷을 우타슈에게 선물하시겠습니까?]

"뭐?"

순간 황당한 메시지에 할 말을 잃어 버렸다.

하지만 우타슈의 허술한 갑옷을 보니 메시지가 왜 떴는지 이해를 했다.

하지만 갑옷이 200만 골드라니, 현실의 돈으로 환산하면 200억에 달하는 엄청난 거금이다.

그러나 지금 상황에서 그걸 거절하는 것도 이상하다.

[스킬 속에서 벗어나긴 했지만 황금갑옷을 선물할 경우 다시 소환수로 귀속이 될 것입니다.]

[우타슈는 거절의 권한을 가지고 있지 않지만 선물을 하지 않을 경우 자유의 몸이 될 수도 있습니다.]

[황금갑옷을 선물하시겠습니까?]

200만 골드를 사용하지 않으면 기적처럼 얻은 강력한 소환수를 잃을 수도 있다.

이쯤 되면 거절은 힘들게 되어 버렸다.

그리고 현재 보유한 금액이 300만 골드 정도 있다는 걸 확인하고는 곧바로 고개를 끄덕였다.

"좋아."

유정상의 말이 끝나자 번쩍하는 빛 무리가 생겨나더니 곧이어 우타슈의 몸에 닿고는 다시 주위로 흩어진다.

그리고 순식간에 전신이 일그러져 보기 흉하던 회색의 갑옷이 번쩍거리는 황금색 갑옷으로 변화했다. 그가 들고 있던 검도 다시 본래의 색깔인 황금색으로 변했다.


[우타슈가 황금갑옷을 받아들였습니다.]
[이로써 우타슈는 소환수가 되었습니다.]
[커서와 분리가 됩니다.]


황금검은 이제 우타슈가 되었고, 커서는 방패의 능력만 남게 되었다.

[이젠, 싸울 만하겠군. 안 그런가?]

그런 우타슈의 말에 표정을 일그러뜨리는 아스모데우스.

이제까지 느긋함을 잃지 않던 그가 처음으로 흥분에 몸을 떨었다.

어쩐 일인지 아스모데우스는 우타슈와의 싸움을 별로

반기지 않는 듯 보이자 유정상도 그들의 관계에 대해 궁금해졌다. 하지만 지금 이 상황에서 과거를 물어보기도 애매해 그저 바라보고만 있을 뿐이었다.

【제기랄. 망할 놈.】

[자, 시작하도록 하지.]

그렇게 말한 우타슈가 검을 회전시키기 시작했다.

그런 모습을 보던 아스모데우스도 마음에 들지 않는다는 표정으로 자신의 보도를 들어올렸다. 그런데 그때였다.

콰콰콰.

그들 주변에 있던 땅이 폭발하면서 그 속에서 솟아오른 그림자들이 우타슈 쪽으로 날아들었다.

그러나 우타슈는 그것을 이미 예상이라도 하고 있었는지 황금검을 빠르게 회전시키며 그것들을 튕겨냈다.

순간 엄청난 폭음과 함께 달려들던 검은 그림자들이 튕겨나간다.

하지만 그 충격에 우타슈도 자세가 살짝 흔들린다.

튕겨나갔던 물체들이 다시 자세를 바로 세우며 서서히 자신의 모습을 드러냈다.

칠마귀살대.

아스모데우스의 친위대이며 마계 최강의 전투 마족 7인이 그 진정한 모습을 드러낸 것이다.

검은 옷에 각양각색의 체형과 무기를 지니고 있는 마족 최강 집단의 등장에도 전혀 눌리지 않는 기색이던 우타슈가 입을 열었다.

[새롭게 얻은 수하들인가? 실력은 괜찮아 보이는군.]

【이미 이곳에서 천년을 같이 보낸 부하들이다. 새롭게 얻었다는 말은 조금 우습군.】

[그런가? 너무 오래 갇혀 지낸 탓에 시간의 흐름을 제대로 느끼지 못했나보군.]

【오늘은 뭔가 좋지 못한 날이군. 널 만난걸 보면.】

[잡담은 그만하고 결판을 내도록 하지.]

어쩐지 아스모데우스는 우타슈를 꽤나 꺼리는 모습이 역력했다. 하지만 그런 모습에도 우타슈는 계속 승부를 원하고 있다.

유정상에게 보였던 그런 카리스마마저 몽땅 어디론가 사라져 버린 아스모데우스의 모습이 오히려 어색해 보인다.

원래라면 유정상이 해야 할 싸움이었는데 느닷없이 나타난 우타슈에 의해 분위기가 완전히 바뀌고 말았다. 하지만 유정상은 솔직히 조금은 안심하고 있었다.

생각보다 너무 강한 아스모데우스와의 일대일 결투가 내심 부담스러웠던 것이다.

그런 와중에 자신을 대신할 사람이 갑자기 생겨났으니 반갑지 않을 리가 없었다.

다시 두 존재들 사이에 기세가 교환되었다.

그 때문에 칠마귀살대가 다시 움직이려하자 손을 뻗어 그들을 저지시키는 아스모데우스.

【너희들은 이 싸움에서 빠져라.】

그의 명령에 곧바로 머리를 숙이며 일제히 물러섰다.

보스의 명령에 일체 반문도 없다.

그들의 모습을 힐끔 바라 본 아스모데우스가 다시 시선을 우타슈에게 돌리더니 진지한 표정으로 자신의 보도를 들고 자세를 잡았다.

쿠르르르르.

엄청난 기세가 맞부딪치자 대지가 흔들리기 시작했다.

그리고 압도적인 기세를 뿌리는 두 존재의 승부가 시작되었다.

콰콰쾅.

쿠아아아앙.

콰콰콰.

번쩍거리며 두 녀석이 싸움을 시작했다.

유정상이 하던 싸움과는 또 다른 영역의 전투.

훨씬 더 정교하고 아름답게 느껴지는 그들의 싸움은 어쩐지 보고 있는 것만으로도 경험치가 올라가는 기분이었다.

그런데 그런 느낌이 기분 탓이 아니라는 건 곧 알 수 있었다.


[타인의 전투를 자신의 경험으로 만드는 특수 스킬 '이네크의 시선'을 얻었습니다.]

[강자의 전투를 보는 것만으로 경험치를 얻을 수 있습니다.]

[레벨이 올랐습니다.]

[이로써 79레벨이 됩니다.]


진짜 구경하는 것만으로 레벨이 오르고 말았다.

"이럴 수가!"

압도적인 전투를 관람하자 정말 경험치가 쌓이고 레벨이 오른 것이다.

실로 황당한 경험을 한 유정상이 잠시 멍해 있는 사이 다시 강력한 폭발음이 터져 나왔다.

콰아앙.

그리고 모습을 드러낸 두 사람.

하지만 그들은 전혀 다른 위치에서 모습을 드러냈다.

지상에 서 있는 자는 우타슈였고, 공중에는 아스모데우스가 떠 있었다.

콰가가가강.

공중에서 아스모데우스가 자신의 붉은 도를 휘두르자 강력한 불덩이가 기관총처럼 쏘아진다. 그러나 그런 공격을 우타슈는 유유히 검으로 걷어내 버린다. 그러더니 그 상태에서 아스모데우스 쪽으로 몸을 날렸다.

콰가가가가가강.

우타슈가 몸을 날리는 와중에도 계속 불덩이가 날아들었

고, 끝까지 여유 있는 움직임으로 그것을 걷어내며 공중으로 치솟던 그가 번개처럼 검을 휘둘렀다.

샤삿.

검의 기운이 아스모데우스의 몸에 닿으려는 순간 검은 연기와 함께 그의 몸이 사라져 버렸다.

목표를 잃은 우타슈의 검.

그러나 우타슈는 곧바로 몸을 돌려 공중을 박차고는 방향을 거의 직각으로 틀어 반대방향으로 튀어 오른다. 마치 공중에 뭔가를 디딘 것처럼 보일 정도로 너무나 자연스러워 그것을 보는 모든 이들의 시선을 완전히 빼앗았다.

유정상은 그들의 싸움에 빠져 있다가 다시 생겨나는 메시지를 확인했다.


[레벨이 올랐습니다.]
[80레벨이 되었습니다.]


엄청난 고수들의 싸움을 구경하는 것만으로 벌써 두 개의 레벨을 올려 버렸다.

이네크의 시선이라는 특수스킬은 그야말로 엄청났다.

이제까지는 순전히 자신의 몸으로 체험한 것만 경험치로 인정되었지만, 이 새로운 스킬은 그 기본원리를 초월해 버렸다.

그 와중에도 그들의 싸움은 점점 치열해지고 있었다.

콰쾅.

파파팟.

번쩍. 번쩍.

유정상을 제외하면 이미 동체시력의 범위를 벗어난 움직임에 그저 번쩍이는 모습만 보여서 그저 멍하게 있을 뿐이다.

그렇게 한동안 승부가 나지 않고 싸움이 계속 진행되고 있는데 주변에서 느껴지는 생소한 에너지 반응에 유정상이 흠칫 놀라며 고개를 돌렸다.

유정상의 시선이 먼 곳에 닿는다.

그러자 유정상의 행동을 본 파울라와 클레오, 백정과 주코도 그 시선을 따라 고개를 돌렸다.

그리고 그것과 동시에 한참동안 열을 올리며 싸우던 두 명도 순간 싸움을 멈추었다.

그들도 뭔가 새로운 존재의 등장을 느끼고는 마치 서로 약속이나 한 듯 그곳으로 동시에 시선을 돌렸다.

쿠르르릉. 쿠르르르르릉.

번쩍.

검은 구름이 회오리치며 한곳에 모여들었고, 그곳 주위에는 번개가 빛의 가지를 치며 사방으로 뻗어가는 강렬한 모습이 보인다.

그 모습을 보던 유정상이 고개를 갸웃거리다 근처에 있던 파울라에게 물었다.

"이곳에 다른 녀석도 있었나?"

"내가 들은 건 아스모데우스 한 놈이 전부다."

"그럼 저 놈은 뭐지?"

구름이 꽈배기처럼 말리며 아래로 떨어진다.

그런데 문제는 하나가 아니라 5개라는 사실.

"아스모데우스의 또 다른 수하인가?"

유정상이 그렇게 말하며 아스모데우스 쪽으로 시선을 돌렸다. 그런데 그이 얼굴이 이상하다. 뭔가 믿을 수 없다는 표정을 짓는 녀석을 보니 그의 부하라는 생각도 틀린 것처럼 보인다.

【놈들이 이곳에 수작질을 해 놨군.】

놈이 이를 빠드득 거리며 미간을 찡그리자 곧바로 근처에 있던 칠마귀살대가 자신들의 무기를 꽉 움켜쥔 채로 그곳을 향해 쏘아져 나갔다.

파파팟.

빠른 속도로 다가간 칠마귀살대가 그 구름회오리들에 달려들었다.

그러자 회색의 회오리가 요동치더니 강력한 빛이 사방으로 뻗어나간다.

그 때문에 달려든 칠마귀살대 전원이 그 빛에 두들겨 맞고는 튕겨져 나갔다.

제법 무시무시한 포스를 풍기던 그들이 형편없는 꼴이 되어서 바닥을 구른다.

그 모습을 본 아스모데우스가 이를 부드득 갈더니 소리 쳤다.

【모두 물러서라! 너희들만으로 상대할 수 있는 놈들이 아니다!】

우타슈가 바로 코앞에 있음에도 그런 사실을 무시하고 그의 시선은 방금 생겨난 회색의 구름회오리에 고정되어 있었다.

물론 우타슈 역시도 당장 싸움보다는 새롭게 나타난 존 재들에 관심을 보이고 있었다.

그리고 잠시 후 그 회오리가 멈추며 다섯 개의 그림자가 생겨났다.

그런데 그림자의 크기가 범상치 않다.

거리가 멀어 정확히 알 수는 없지만 대충 10여 미터 안팎 정도로 보였다.

서서히 그 모습을 드러내는 그림자.

그건…….

드래곤이었다.

그것도 다섯 가지 황금색, 빨강, 검정, 파랑, 흰색의 서로 다른 피부색을 가진 드래곤들.

"뭐야? 왜 저런 게 이런 곳에서 튀어나와?"

유정상의 황당하다는 듯 드래곤들을 바라보며 중얼거린다.

당연하게도 다른 이들 역시 그와 마찬가지의 반응이었 다.

주코도 황당했는지 유정상을 따라서 버럭 소리쳤다.

"아스모데우스가 갇혀 있는 화염의 구슬 속에 어째서 드
래곤 다섯 마리가 기어 나오는 거냐?"

【큭큭. 날 가두려는 놈들의 분신들이겠지? 그래. 그런 것
이었군. 이런 뻔한 수작질을 천 년 동안 눈치 채지 못했다
니 나도 그동안 많이 녹슬었구나.】

아스모데우스가 다섯 드래곤들을 바라보고 킥킥거리며
자조적인 말투로 중얼거리다 우타슈를 돌아보더니 다시 입
을 열었다.

【너와의 승부는 잠시 미루도록 하지.】

[…….]

"저 드래곤 놈들의 목적이 정확히 뭐지?"

유정상이 아스모데우스에게 다가가 묻자 피식 웃으며 그
가 대답했다.

【첫 번째는 날 다시 소멸시켜 봉인하려는 게 목적일 것
이고, 그 다음은 남은 너희들을 정리하려 하겠지. 어차피
이곳에는 나만 남겨두려 할 테니까. 물론 칠마귀살대도 정
리대상일 것이다.】

"그 말을 어떻게 믿지? 놈들의 목적은 그냥 너 혼자만 없
애버리는 것일지도 모르는데."

실제로 유정상은 드래곤의 목적이 단순히 아스모데우스
를 다시 봉인하려는 데 있다고 한다면 굳이 이 싸움에 끼어
들어야 할 이유는 없었다.

그냥 이곳을 빠져나가고 싸움이 끝나길 기다리면 되니까.

그리고 만약 드래곤이 이긴다면 그대로 봉인될 것이니 손대지 않고 코를 푸는 격이 된다. 아니, 아스모데우스가 이긴다고 해도 상관없었다. 싸움이 끝난 뒤 들어와서 힘 빠진 놈을 해치우고 구슬을 봉인해도 되니까.

【나랑 같이 싸우자는 뜻은 아니니까 알아서 판단하라.】

"……."

굳이 설득하려하지 않는 아스모데우스의 모습을 보던 유정상이 곧이어 우타슈를 바라보자 그가 고개를 끄덕였다.

[나와는 적이지만 이런 걸로 거짓을 말하지는 않는 놈이다. 그리고 드래곤들의 분신들이라면 어차피 놈들에게는 단순한 명령만 머릿속에 있을 것이다. 또한 아무도 탈출하지 못하게 막는 것이 그 최우선 명령일지도 모른다.]

우타슈의 말을 듣고 보니 그럴 법도 했다.

단순한 명령만 받고 있다면 결국 구슬 안에 있는 존재는 모두 적으로 인식할 수도 있을 테니까. 그리고 굳이 유정상 자신을 적이 아니라고 구분해야 할 그 어떤 이유도 놈들에게는 없다는 것이다.

그렇게 유정상은 놈들도 적이라고 생각하니까 또 엄청난 경험치와 아이템을 줄 수 있는 드래곤들을 그냥 아스모데우스에게 홀라당 넘겨주는 것도 아까워졌다.

"그럼, 나도 가만히 있을 수는 없겠군."

【……】

"나도 저놈들과 싸우겠다."

[주인, 나도 그러고 싶다. 허락해 주겠는가?]

우타슈의 질문에 유정상은 피식 웃으며 고개를 끄덕인다.

"지금은 고양이 손이라도 빌려야 할 입장이라고."

[……]

【천하의 우타슈가 고양이 취급을 받다니. 큭큭】

갑작스런 드래곤들의 등장 때문에 한시적 동맹관계로 변해 버렸다.

곧바로 모두 힘을 합쳐 싸우기로 정하자 드래곤들도 그것을 알아챈 것인지 주변에 엄청난 숫자의 가디언들을 소환했다.

다섯 드래곤 주위로 강렬한 빛이 일더니 얼핏 봐도 1만 가량의 대군이 생성되었다.

오크, 트롤, 오우거, 스톤골렘, 파이어 골렘, 아이스 골렘, 예티 등등.

많은 종류의 가디언들이 한꺼번에 모습을 드러내었다.

그 모습을 보던 아스모데우스도 500정도의 하급 언데드들을 불러냈다. 본신의 힘을 제대로 발휘하기 힘들었기 때문이기도 했지만 애초에 소환전문이 아니었기 때문이다.

물론 하급이라고는 해도 스켈레톤 병사들 사이에 스켈레톤 나이트들이 제법 포진해 있었고, 그들의 레벨도 기존의 언데드에 비해 높은 수준이었다.

그 상태에서 클레오는 마법진을 그려 수백의 아이스 스켈레톤을 만들어냈고, 공중 비행 몬스터로 아이스이글을 만들어냈다.

더불어 파울라 역시도 마법진을 통해 파이어 골렘과 작은 크기의 불새 백여 기를 생성시켰다.

유정상도 군주 포인트 2480점 모두를 사용해 그동안 착실히 레벨을 올렸던 네피림과 드루이드들을 소환시켰다.

번쩍거리는 빛과 함께 위풍당당한 위용을 자랑하며 한꺼번에 모습을 드러낸 유정상의 소환수들.

상대는 대충 1만 정도였지만 이쪽은 1천이 조금 넘는 수였기 때문에 숫자로는 열배 정도의 차이를 보였다. 하지만 그 기세만큼은 결코 밀리지 않았다.

유정상이 부대지정을 하며 옆으로 넓게 펼쳤다.

적은 숫자였지만 전투력이 강하다는 장점을 십분 활용하기 위함이었다.

곧이어 유정상의 소환수들은 옆으로 늘어선 채 상대 몬스터들을 향해 빠른 걸음으로 이동해 갔다.

그리고 이내 대규모 전투가 시작되었다.

상대의 숫자가 압도적이기는 했지만 레벨로 보자면 유정상의 소환수들이 훨씬 강했다. 거기다 주술사형 드루이드들과 주코가 그들을 보조하자 하나하나가 아주 강력한 힘을 발휘했다.

네피림이 상대 가디언들 중 특히 거대한 오우거들을 집중적으로 제거해가기 시작했다. 덩치도 더 컸지만, 무수한 싸움을 통해 레벨을 많이 끌어올린 덕분인지 스피드 역시도 압도적이다.

게다다 드루이드들의 활약도 대단했다. 많은 종류의 몬스터로 변해 놈들을 찢어발겼고 동시에 주술사형 드루이드들의 힐링과 버프를 받으며 전장을 휘저었다.

그렇게 전투의 균형을 맞춰가고 있는 상황인데도 상대 드래곤들은 소환수들의 전투에 관심이 없는지, 그저 아스모데우스에게만 시선을 고정시키고 있었다.

드래곤들은 하급 몬스터들의 전투승패 따위엔 애초부터 흥미가 없었던 것이다.

오로지 목적은 하나.

아스모데우스의 육체를 다시 소멸시키고 이곳에 가두어두는 것만이 그들의 전부였다.

물론 그 목적을 위해서 유정상의 일행 역시도 이곳에서 모두 처리할 생각이다.

유정상도 몬스터들의 전투는 주코와 백정에게 맡기고 곧바로 드레이크를 소환했다.

"크아아아아아아!"

하늘에서 소환된 드레이크가 빠른 속도로 활강하며 유정

상에게 내려왔다.

그러자 유정상은 재빨리 드레이크의 몸에 이동의 팔찌를 쏘아 곧바로 등에 올라탔다.

드래곤들과 대치상황에 선 아스모데우스, 우타슈, 그리고 유정상.

두 명의 던전의 수호자들인 클레오와 파울라는 몬스터의 전투에 집중한 탓에 몸을 뺄 수 없는 상황이었다.

사실 그렇지 않더라도 드래곤과의 전투에 뛰어들기엔 너무 위험부담이 컸으니 오히려 몬스터들과 싸움에 집중하는 것이 더 효율적이라고 유정상은 생각했다.

어쨌든 몬스터들의 대규모 전투가 한참 진행되는 와중에 그들의 진짜 싸움이 시작이 되려하고 있었다.

파앙.

검은 드래곤 한 마리가 순간 공중으로 치솟았다.

거대한 덩치에 비해 엄청나게 가벼운 움직임으로 공중에 떠오른 검은 드래곤이 잠시 동안 세 사람을 내려다본다.

위치를 확인한 놈의 입에서 스파크가 일었다.

그리고는 곧이어 쫙 벌려지는 놈의 아가리.

크아아아아.

놈의 입에서 사악한 기운의 검은 연기가 뿜어지며 빠르게 덮쳐왔다.

유정상은 재빨리 드레이크를 움직여 그 브레스가 미치는 영역을 벗어났지만 아스모데우스와 우타슈는 그저 그것을 바라만 본다. 그러다 곧 아스모데우스가 자신의 화염보도를 집어 들었다. 그리고 그것을 세차게 아래로 그어 버렸다.

번쩍.

쾅.

강렬한 붉은 기운이 어마어마한 기세로 그들에게 덮쳐오는 연기와 부딪쳤다.

콰가가강.

충돌과 함께 거대한 폭발을 일으킨다. 그리고 아스모데우스의 붉은 기운은 그 폭발에도 불구하고 강한 힘으로 검은 연기를 가르기 시작했다.

마치 하늘거리는 검은 천에 날카로운 가위가 지나가며 깔끔하게 잘라버리는 듯 그야말로 반듯하게 두 쪽으로 갈라간다.

그리고 갈라진 연기는 엄청난 화염의 기운에 휩싸여 불타오르며 소멸하기 시작했다.

그럼에도 아스모데우스가 만든 붉은 기운은 거기서 멈추지 않고 검은 드래곤까지 쭉 뻗어나가자 깜짝 놀란 놈이 순간적으로 뿜어내던 브레스를 멈추고 몸을 틀어서 피해냈다.

드래곤이라는 것과 검다는 특성 때문에 표정을 명확히 알 수는 없었지만 유정상은 저 검은 드래곤이 지금 무척이나 당혹해 하고 있다는 건 알 수 있었다. 그런데 그 때문인지 다른 드래곤들은 검은 드래곤을 못마땅해 하는 것처럼 보인다.

그들은 드래곤이라는 공통점이 있었지만 색깔의 차이인지 아니면 드래곤의 특성인지는 모르지만 서로 동료라는 느낌은 전혀 없었다.

하지만 드래곤들은 분명한 목적이 있다는 것을 인식하고는 곧이어 남은 네 마리가 자신들의 날개를 퍼덕거리다 곧 아스모데우스 쪽으로 날아갔다.

아스모데우스도 그런 드래곤들을 맞아 눈빛을 빛내며 자세를 잡는다.

그런데 곧 그의 곁에 우타슈가 자신의 황금검을 들고 나란히 섰다.

가장 강력한 적임과 동시에 라이벌이었던 두 존재.

그들이 이렇게 힘을 합쳐야 할 상황이 올 것이라고는 전혀 예상하지 못한 탓에 뭔가 미묘하게 어색했다. 하지만 바로 코앞에서 드래곤들이 빠르게 다가오는 상황에 잡념을 가지고 있을 수는 없는 일이다.

그 상태에서 누가 먼저랄 것도 없이 빠르게 놈들에게 쏟아져 나간다.

파파팟.

공중에 있던 검은 드래곤이 날개를 퍼덕거리며 아래를 내려다보고는 기회를 잡았는지 다시 아가리를 벌리려했다. 그런 그때 예상 못한 불덩이가 놈에게 날아들었다.

그러자 검은 드래곤의 눈이 번쩍 빛나는가 싶더니 불덩이가 폭발해 버렸다.

그리고 곧바로 불덩이가 날아온 방향으로 놈이 고개를 돌렸다. 그리고 공중에서 퍼덕거리고 있는 비행 몬스터 하나를 발견했다.

약해빠진 주제에 몸뚱이만 드래곤과 닮은 존재.

지능도 낮아 평소라면 거들떠보지도 않았을 저급한 생물, 드레이크라는 이름을 가진 놈이 날개를 퍼덕거리며 떠 있는 모습이 보였다.

그런데 그 저급 몬스터 위에 인간의 모습이 보인다.

검은 로브를 뒤집어 쓴 모습.

검은 용의 입가에 살짝 비웃음이 서린다.

겨우 인간과 저급한 짝퉁 드래곤의 조합이다.

그런데 다시 그 드레이크가 어설픈 화염의 브레스를 자신에게 발사하자 곧바로 마법으로 소멸시켜 버렸다. 잠시 어이가 없기는 했지만 저능한 몬스터이니 그럴 수도 있다는 생각에 곧바로 마력으로 공중에 검은 스파크의 화살 수십 발을 소환하더니 놈에게 날렸다.

짝퉁 드래곤만 죽이면 위에 있는 인간이야 추락으로 죽어 자빠질 것이니 굳이 타깃을 둘로 나눌 이유도 없다.

그렇게 검은 스파크를 일으키는 화살이 유정상이 타고 있는 드레이크를 향해 날아갔다.

"너무 얕보이는 건가?"

유정상이 어색하게 웃으며 손을 뻗어 폭격펀치를 시전했다.

그러자 하늘에서 떨어지는 수백발의 강력한 기파들, 그것들이 날아오는 검은 스파크의 화살들에게 덮쳐들었다.

콰가가가가가.

폭격펀치가 검은 화살들에 적중되자 큰 충돌음과 함께 검은 연기처럼 소멸하기 시작했다.

파파파팟.

그러나 그 와중에 폭격펀치를 뚫고 살아남은 검은 화살 두발이 드레이크를 향해 날아들었다. 그것 중 한 개는 드레이크의 화염으로, 나머지 하나는 유정상이 직접 주먹기파를 날려 소멸시켰다.

예상하지 못한 폭격에 놀란 검은 드래곤이 잠시 머뭇거렸다.

설마 이런 식으로 자신의 공격이 막혀버릴 것이라고는 생각 못한 탓이다. 그러나 곧 드레이크의 몸 위에 있는 인간이 평범한 인간이 아니라는 걸 확신하고는 다시 마법을 전개했다.

그러자 검은 드래곤의 주위로 몰려드는 검은 구름.

그것들이 뭉쳐지며 스파크를 일으킨다.

그리고 곧바로 강렬한 번개가 빛을 뿌리며 유정상 쪽으로 날아들었다.

번쩍.

터엉.

어느새 유정상의 앞에 나타난 커서 방패.

황금검이 우타슈로 변하며 완전히 커서에서 분리해 나간 탓에 이제 커서에 남은 능력은 방패로 변하는 것뿐이었지만 그동안 경험으로 인해 더 레벨이 올랐는지 방어력이 더 높아져 있었다.

그 덕에 드래곤이 만든 강력한 번개를 가볍게 튕겨냈다.

[크아아아아아.]

놈이 자신의 공격을 가볍게 막아버리는 방패를 보고는 흥분해 포효했다.

그리고 곧바로 아가리를 쫙 벌리더니 검은 브레스를 발사했다.

그러자 다시 커서 방패가 그 브레스의 공격을 막아서며 빛을 뿌린다. 그러자 그 빛에 의해 검은 연기 브레스가 흩어져 버린다.

강력한 독까지 머금은 브레스였지만 방패의 빛에 의해 그 힘을 모두 잃어버린 것이다.

그 사이 유정상은 놈에게 폭격펀치를 시전했다.

콰가가가가가.

이미 한 번 확인한 공격이라 실드를 전개하며 그것을 막아내는 검은 드래곤.

그러나, 그 충격이 만만치 않은지 공중에서 휘청거린다.

[카아아.]

더욱 흥분한 검은 드래곤이 유정상에게 번개다발을 뿌리기 시작했다.

그러나 그것마저도 방패에 의해 가로막혔고, 그 틈에 드레이크도 놈에게 화염 브레스를 발사하는 등 공방이 이어졌다.

그러는 사이.

아래에선 네 마리의 드래곤들과 아스모데우스와 우타슈의 격렬한 싸움이 진행되고 있었다. 강렬한 마법들이 난무했고, 직접적인 타격도 서로 주고받았다.

특히나 우타슈보다는 아스모데우스에게 공격이 집중되며 시작되었던 싸움이 어느새 이제는 우타슈에게도 절반의 공격이 쏟아지고 있었다.

우타슈가 결코 아스모데우스의 아래가 아니라는 사실을 드래곤들도 파악한 것이다.

그 때문에 두 마리씩 나누어 공격해 들어갔다.

특히 드래곤들의 마법은 꽤나 현란한 덕분에 마계 최강의 검술가 우타슈도 고전을 면치 못했다.

바닥이 울렁거리는 마법에다 순간이동의 블링크까지 섞여 있어 쉽게 공격하지 못한 것이다.

하지만 드래곤들 역시도 그런 강력한 마법을 우타슈에게 제대로 적중시키지 못하고 있는 건 마찬가지.

아무리 마법이 대단하다고 해도 현혹되지도 않고 잡히지도 않는 상대에겐 제대로 통하지 않는 건 당연했다.

거기다 물리력이 가미된 마법공격은 곧잘 받아치기 일쑤라 아스모데우스 이상으로 까다로운 적이었다.

아스모데우스도 다른 두 마리의 드래곤들과 치열하게 싸우고 있음은 마찬가지였다.

자신의 화염보도와 강력한 마력을 곁들여 상대하고 있었지만 드래곤들의 능력도 워낙 강한지라 쉽지 않은 상대들이었다.

본체 드래곤들의 분신이라고는 해도 일단 기본적인 전투력에는 별반 차이가 없다는 게 싸움을 어렵게 만들고 있었던 것이다. 물론 우타슈와 유정상의 개입으로 그나마 이렇게 힘의 균형을 맞추고 있으니 다행이라며 다행이었다.

그렇게 정신없이 싸우던 아스모데우스가 주변을 슬쩍 살폈다.

우타슈도 특유의 빠른 몸놀림과 검술로 드래곤들과 치열하게 싸우고 있었고, 공중에 있는 인간도 검은 드래곤을 상대로 한 치의 밀리는 모습 없이 잘 싸우고 있었다. 아니 짧은 순간이지만 미세하게 힘의 균형이 인간 쪽으로 기운 것처럼 보인다.

그러나, 자신의 앞에 있는 흰색과 황금색의 드래곤과의 싸움을 계속하며 살피고 있을 수만은 없는 상태라서 다시 전투에 몰입했다.

그런 싸움 중에도 대규모의 몬스터들 전투도 역시 치열하다.

특히나 칠마귀살대의 활약으로 2천 이상의 몬스터들이 떼죽음을 당하고 있었다. 그런 모습을 보며 파울라와 클레오는 이 싸움 후의 일을 슬슬 걱정하기 시작했다.

물론 이 전투도 무조건 승리한다는 보장이 없었기는 했지만, 이긴다고 해도 저 무시무시한 칠마귀살대와 싸워야 할 상황이 올지도 모르기 때문이었다.

그런데 의외로 유정상이 불러들인 소환수들의 활약도 엄청났다.

수백의 드루이드들과 네피림의 활약도 그랬지만 자그마한 두 녀석의 활약은 정말 의외였던 것이다.

순식간에 수십 마리의 다리를 절단해 버리며 땅속을 헤집고 다니는 백정과, 아군에게 버프를 걸어 더 강력한 군단으로 만들어버리는 주코의 능력에 놀라지 않을 수가 없었던 것이다.

그저 블랙로브 한 인간만 신경 쓰던 그들로서는 그가 거느린 집단도 만만치 않음을 뒤늦게나마 알게 된 것이다.

그런데 이상한 느낌에 주변을 살피니 드래곤들과 전투 중이던 녀석들이 보이지 않게 되었다는 사실을 알게 되었다.

분명 멀지 않은 곳에서 싸움이 일어나고 있었는데 어느새 그들의 모습이 사라져버린 것이다.

사방을 둘러보던 파울라가 클레오에게 물었다.

"그들과 함께 드래곤들도 사라졌어! 도대체 어떻게 된 거지?"

"나도 몰라. 여긴 네 구역이잖아. 던전 수호자가 그걸 내게 왜 묻는 거야?"

"내 감각에서도 사라져 버렸어."

"하긴, 이곳은 화염의 구슬속이니 우리의 감각이 미치지 못할 수도 있겠네."

"그래. 그 아스모데우스의 녀석 짓일 거야."

이 영역의 진정한 지배자는 아스모데우스였으니 당연한 의심이었다.

사실 그녀의 예상대로 아스모데우스는 정신없이 싸우는 와중에 드래곤 다섯과 자신을 포함한 셋을 동시에 같은 장소였지만 다른 공간으로 이동시켜 전투를 진행 중이었다.

물론 그 사실을 드래곤들도 알고 있었지만 그런 거야 별로 신경 쓰지 않았다. 그저 아스모데우스와 그 일당(?)을 죽이는 것에만 신경 쓰고 있었으니까.

콰아앙.

강력한 버스터펀치가 검은 드래곤의 머리 위에 떨어졌다.

놈이 반투명의 실드를 쳤음에도 그것을 뚫고 들어가 본체를 타격해 버리자 놈이 고통에 비명을 질렀다.

[카오오오오!]

멀리에 달려 있던 두 개의 뿔 중 하나가 부러져 나갈

정도로 엄청난 데미지에 놈이 눈을 까뒤집으며 머리를 아래로 떨어뜨리던 순간, 다시 유정상의 주먹기파가 아래에서 위로 작렬했다.

콰아아아아앙.

꽈드득.

턱뼈가 부서져 나가는 소리가 들리더니 놈의 눈이 풀려 버린다. 그리고 곧이어 기절상태가 되어 버렸다.

그것을 확인한 유정상이 그 상태에서 커서를 이용해 놈의 머리를 붙들어 들어올렸다.

이미 정신을 잃은 상태라 곧 추락을 할 듯 위태했지만 잠시 동안은 놈의 마법이 작용하고 있었기 때문에 떠 있을 수 있었다.

그 상태로 목을 들어 올린 상태에서 인벤토리를 열어 최근 잘 사용하진 않았지만 보유하고 있는 검 중 가장 좋은 우타슈의 마검을 꺼냈다.

그리고 그것을 놈의 목 밑에 보이는 거꾸로 서 있는 비늘의 무늬, 역린(逆鱗)에 꽂아 넣었다.

푸슉!

그 때문에 검은 드래곤의 눈이 부릅떠진다. 그리고는 다시 비명을 지른다.

[크아우우우우우!]

마검을 놈의 목 속에 깊숙하게 찔러 넣어 버린 상태에서 그 역린의 상처 위로 다시 주먹기파를 날렸다.

콰콰콰콰콰콰.

연속으로 기파가 놈의 상처에 작렬하자 놈의 몸이 충격에 흔들거리더니 곧 타격을 받은 부위를 중심으로 부풀어 오르기 시작했다. 그리고 잠시 후 폭발하며 순식간에 파편들이 연기처럼 소멸해 버렸다.

[레벨 10이 올랐습니다.]
[이로써 레벨이 90이 됩니다.]
[독에 대한 내성이 생깁니다.]
[50만 골드와 검은 드래곤의 갑옷을 얻었습니다.]

놈이 사체를 남기지 않고 사라진 탓인지 아이템과 골드는 자동으로 얻었다.

"이게 편하네."

만족스러움에 고개를 끄덕이는 유정상.

비록 잡템을 줍는 자잘한 즐거움은 없어졌지만 말이다.

그런데 유정상에게 검은 드래곤이 당했다는 사실 때문에 밑에서 싸우던 네 마리의 드래곤들이 주춤거렸다.

그리고 검은 드래곤이 소멸하는 모습을 보고는 경악하지 않을 수 없었다.

설마, 겨우 인간 하나와 가짜 드래곤을 상대하던 검은 드래곤이 그렇게 쉽게 당해버릴 것이라고는 예상하지 못했기 때문이었다. 아니, 오히려 빨리 마무리 짓고 자신들을 도와

남은 두 녀석들을 제압하리라 생각하고 있었다. 그런데 이런 황당한 결과가 생기자 남은 드래곤들도 혼란에 빠지고 말았다.

충격과 공포.

당연히 가볍게 이길 거라고 믿던 그들이 처음으로 패배라는 단어를 떠올리고 말았다.

그리고 검은 드래곤이 당했다는 것을 확인한 아스모데우스가 웃으며 중얼거렸다.

【과연, 놀라운 인간이야. 큭큭큭】

그런 혼란의 상태가 된 놈들을 확인한 아스모데우스와 우타슈가 강력한 공격으로 몰아붙이기 시작했다.

당황한 드래곤들은 멘탈이 흔들린 탓인지 제대로 능력을 발휘하지 못하며 쉽게 밀리기 시작했다.

그런 상태에서 유정상이 드레이크를 타고 활강해 내려오기 시작했다.

계속 밀리던 드래곤들은 자신들의 불리함을 느끼고는 날개를 퍼덕거려 몸을 공중으로 날렸다.

그러자 유정상이 하얀색의 드래곤을 향해 폭격펀치를 날렸다.

콰가가가가가.

아래로 엄청난 에너지가 떨어지자 녀석이 당황하는 사이에도 순간적으로 생성시킨 실드로 막아냈다. 그러나 곧바로 그 틈에 아스모데우스가 화염검을 이용해 놈의 두 다리를 잘라 버렸다.

뎅겅.

공중에서 거대한 녀석의 다리가 피를 뿌리며 바닥으로 떨어져 버렸다.

[카오오오오오!]

놈이 고통이 몸부림치자 빈틈이 생긴 것을 확인한 아스모데우스는 곧바로 놈의 목을 가볍게 잘라버린다.

이정도 레벨의 싸움에서는 한순간이라도 허점을 보인다면 이렇게 순식간에 결판이 나버리는 것이다.

순간 곁에 있던 황금 드래곤이 그 모습에 놀라 다급히 마법을 사용해 워프를 하려하자 아스모데우스가 피식 웃었다.

【이곳에서는 내 허락 없이 아무도 빠져나가지 못한다.】

바로 워프마법을 강제로 취소시켜 버리더니 화염검으로 황금 드래곤을 공격해 들어갔다. 놈이 실드를 전개해 그 공격을 막으며 주변에 있던 거대바위 두 개를 움직여 양쪽에서 들이쳐 아스모데우스의 몸에 박아 버렸다.

콰아앙.

바위가 터져나갔다.

그러나 그런 공격에도 뿌연 먼지를 거두며 멀쩡한 모습으로 나타나는 아스모데우스가 보이자 황금 드래곤이 눈에 띄게 당황했다.

그 수간, 번쩍하는 느낌과 함께 황금 드래곤의 몸이 세로로 잘려나가 버렸다. 그와 동시에 퍽 하는 느낌과 함께 몸이 연기처럼 사라졌다.

그 사이 유정상이 우타슈 근처에 있던 붉은색 드래곤에게 다시 버스터펀치를 날렸다.

놈은 드래곤들 중 가장 강한 놈이어서 그런지 그 공격을 마법으로 튕겨냈다. 하지만, 그 때문에 녀석도 결국 틈을 드러내고 말았다.

한순간의 흔들림을 포착한 우타슈의 검에 의해 꼬리가 잘려나가 버렸고, 그 사이 다급하게 달려들던 파란색의 드래곤마저도 앞발 하나가 그의 검에 잘려 버렸다.

대등하게 유지되던 힘의 균형에 미세한 균열이 생겨난 순간부터 도미노 현상처럼 줄줄이 쓰러지고 또 쓰러져나가는 드래곤들.

결국, 남은 두 마리도 그렇게 몸의 일부가 잘려나가는 상처를 입자마자 우타슈의 공격에 의해 전신이 토막 나며 소멸하고 말았다.


[레벨 20이 올랐습니다.]

[이로서 레벨이 110이 됩니다.]

[동료와 힘을 합쳐 적을 처단하고 경험치 절반을 받았습니다.]

[100만 골드와 순간이동의 스킬이 생성됩니다.]

'순간이동? 아까 녀석들이 사용하던 그 기술 말이군.'

놈들을 처단하고 메시지를 확인하는 그 순간, 그들이 있던 공간이 일그러지며 변하더니 원래 있던 곳이 되돌아와 있었다.

그리고 그곳에서 대규모 전투 중이던 많은 수의 몬스터들이 눈에 들어왔지만 이내 드래곤들의 가디언들 몸이 일순간 소멸해 버렸다.

남은 적 몬스터는 대략 4천기 정도였지만 순식간에 소멸해 버리자 일순 싸움이 멈춰지고 말았다.

"끄, 끝난 거야?"

주코가 열심히 마법을 난사하다 주위에 많았던 드래곤들의 가디언 몬스터들이 일순 사라져 버리자 얼떨떨해하며 중얼거리듯 말했다.

그 상황에서 이상함을 느낀 백정도 땅속을 뚫고 나와서는 주변을 두리번거리고만 있다.

그런데 싸움이 끝나자마자 곧바로 남은 이들이 서로 편을 가른다.

물론 일방적인 숫자와 칠마귀살대로 나뉘어 보기엔 상당히 언밸런스하게 보이기는 했지만 말이다.

그 상태에서 인근에 유정상과 아스모데우스, 그리고 우타슈가 모습을 드러내자 모두가 그들의 눈치를 살핀다.

"꽤나 많이 당했네."

232 **커서 마스터** 5
Cursor Master

어느새 드레이크에서 내린 유정상이 숫자가 많이 줄어든 소환수들을 보고는 쓴웃음을 지으며 중얼거렸다.

물론 이 정도라도 남아 있다는 것이 용해 보일정도로 드래곤들이 불러낸 몬스터의 숫자가 많았기는 했지만.

그런 유정상에게 주코와 백정이 빠르게 다가갔다.

"주인, 싸움은 끝난 거냐?"

"뭐, 일단 드래곤들은 퇴치한 것 같다."

그렇게 말하며 아스모데우스 쪽으로 힐끔 쳐다본다.

그리고 녀석에게 '이젠 어떻게 할 거냐?' 는 듯 놈을 보며 피식 웃었다.

그러자 경직된 얼굴의 아스모데우스는 그런 유정상을 보다 근처에서 검을 바닥에 꽂은 채 서 있는 우타슈를 바라보았다.

그리고 잠시 그들을 번갈아 보더니 어깨를 으쓱해 보였다.

【나도 더 이상의 싸움은 하고 싶지 않다. 솔직히 자신도 없고.】

"넌 어때? 우타슈."

[……]

뭔가 아쉽다는 표정만 지을 뿐 유정상의 물음에 금방 대답하지 못했다. 그러더니 곧 고개를 끄덕였다.

[주인의 결정에 따르겠다.]

"그럼 어떻게 해야 하는 거지?"

어떻게 결론을 내야할지 모르겠다는 표정의 유정상이 머리를 벅벅 긁었다.

그러자 주코가 유정상에게 물었다.

"미션이 뭐였냐? 주인."

"화염의 구슬을 봉인하는 거."

"그럼 아스모데우스와 굳이 승부를 볼 이유는 없는 거네?"

"……뭐, 그야 그렇지만."

"화염의 구슬을 봉인하는 것에 대해서만 잘 협상해 보면 되는 거 아니야?"

"협상? 저놈이랑?"

"그래."

"흐음."

주코의 말에 턱을 긁적이며 생각에 잠긴 유정상.

그런 상황에서도 우타슈와 아스모데우스는 서로를 그저 무표정하게 바라보고만 있다.

싸움이 끝났고 일단 승부는 미루는 걸로 해두긴 했지만 우타슈는 현재의 상황이 불만족스러운 모양이었다. 그렇다고 유정상에게 따질 수도 없는 입장이다.

유정상이 대충 생각을 정리했는지 아스모데우스에게 밝은 얼굴로 질문을 던졌다.

"난 반드시 이곳을 봉인해야 하거든. 그런데 넌 이곳을 나갈 생각이겠지?"

【당연하지.】

고개를 끄덕이는 아스모데우스.

"이봐, 파울라!"

"으, 으응?"

갑자기 자신을 부르자 화들짝 놀란 파울라가 눈을 껌벅 거렸다.

그저 상황이 어떻게 돌아가는지 구경만하고 있던 입장이 라 갑작스런 부름에 놀란 것이다.

"화염구만 봉인하면 던전은 원래대로 돌아가는 거 맞 아?"

"그야 당연하지. 화염구 안의 열기 때문이니까. 봉인만 할 수 있으면 모든 것이 제자리로 돌아갈 거야."

"그렇다면 화염구슬 봉인과 아스모데우스를 굳이 하나 로 묶어 생각할 필요는 없는 거군."

그렇게 중얼거리던 유정상이 아스모데우스에게 다시 물 었다.

"넌 이곳을 나가면 뭘 할 거지?"

【일단 마계로 돌아가 힘을 비축시켜야 한다.】

"그 다음엔?"

【그 다섯 드래곤 놈들을 가만두지 않을 것이다.】

"그리곤?"

【다시 그 녀석들이 있던 세상을 모두 정복해버리는 것이 지.】

아스모데우스의 말을 들으며 잠시 생각에 잠긴 유정상이 머리를 긁적이며 피식 웃었다.

아스모데우스도 뭔가 분위기가 좋은 느낌이라 휴전이 될 것이라 생각했다. 사실 그런 결과는 내심 바라고 있던 일이었다. 그도 그럴 것이 이미 드래곤들과의 싸움으로 그나마 깨운 힘의 8할을 잃었기 때문이다.

그런데 유정상의 입에서 나온 이야기는 전혀 뜻밖이었다.

"흐음, 결국 협상은 안 되겠군."

순간 아스모데우스는 잘못 들었다고 생각했다.

【……?】

"결국 넌 원래의 힘을 찾으면 그렇게 다른 차원들을 넘나들면서 모두 파멸시킬 거잖아."

【그…… 그야 그렇지.】

"어쩐지 친구가 되었으면 했는데, 아쉽게 되었어."

【…….】

유정상도 뭔가 싸움 없이 잘 마무리 되었으면 했지만 결국 아무리 사람 좋아 보이는 아스모데우스도 마족이며 언젠가는 지구도 침공할 녀석이라는 걸 확신하고는 이대로 보내줄 수 없다는 사실을 깨달았다.

"자 다시 시작해 보자고!"

[나에게 먼저 기회를 주기 바란다. 주인.]

"그럼 저 일곱 놈들은 내가 맡도록 하지."

【……!】

❖ ❖ ❖

사방이 뜨거운 용암으로 둘러싸인 조그마한 섬과 같은 바위가 보인다.

그곳 위엔 제법 넓은 평지가 있었고, 그 위에 십여 명의 사람들이 모여 있었다.

그들은 강렬한 열기를 견뎌내며 특수 제작된 강화금속의 수통을 통해 수분을 섭취하고 있었다. 하지만 이곳에 갇혀버린 지도 일주일 이상이 흐른 상태라 살 수 있을 거라는 희망은 거의 사라지고 있는 상태였다.

뜨거운 열기야 특수 제작된 헌터 슈트로 어떻게든 견디고 있었지만, 식수도 얼마 남지 않은 상황에서 식량도 이미 다 떨어져 있었다.

빠져나갈 방법이 없으니 어떻게든 그 열기라도 죽여보자는 생각에 주변에 있는 바위들을 잘라 사방을 막아 직접적인 열기는 피하고 있었다.

그런 상황에서 모두는 기력을 잃고 바닥에 늘어져 있는 상태였다.

아마 이 상태로 하루 정도 더 있으면 대부분의 각성자들이 사망할 것이다.

그나마 그들이 4급 이상의 최상급 각성자들이었으니 지금까지 이 정도라도 버틴 것이다.

하지만 그 덕에 고통이 길어지고 있다는 것 역시도 사실이었다.

"젠장. 잘난 보석 따위 때문에 이렇게 죽어야 한다니."

누군가 그렇게 말하자 팀 리더인 제이슨의 시선이 자신의 허리에 위치한 가방으로 향했다. 그곳엔 그들이 이곳에 온 진짜 목적이었던 귀한 보석이 들어 있었다.

힘들게 얻었음에도 이렇게 죽을 수밖에 없는 상황에 닥치고 보니 뭔가 허망하다는 생각도 들었다. 그럼에도 그 보석은 아직 그가 보관하고 있었다.

만약의 경우 이곳을 빠져나간다면 그는 그 보석을 이용한 강력한 아이템으로 그가 이끄는 길드를 세계 최강의 길드로 만들 수 있다.

하지만 지금 상황을 보면 그것도 요원하다.

그런데 그때 그들이 있던 바위가 흔들거렸다.

쿠르르르르.

"이대로 가라앉는 거 아닌가?"

누군가 누워 있는 채로 힘없이 이야기했지만 이제 빠져나갈 힘도 없다는 듯 축 늘어져 있을 뿐이다.

그런데 돌덩이로 주변을 가리고 있던 곳에서 빛이 번쩍이는 모습이 보였다.

눈을 뜨고 있던 몇몇이 조금 놀라 그곳을 향해 고개를 돌렸다.

바로 그 순간 주변에 있던 돌덩이들이 순식간에 사방으로 흩어지며 용암 속으로 떨어지더니 그렇게 녹아 들어갔다.

그리고 그들 주위에 생겨난 거대한 반투명의 물체. 그것은 얼음이었다.

푸쉬쉬쉬.

강렬한 열기에도 불구하고 얼음은 그 열기를 어떻게든 버티고 있었다.

"어, 어떻게 이런 일이?"

갑자기 나타난 얼음 벽 때문에 놀란 그들이 놀란 눈으로 그것을 바라보았다. 이해할 수 있는 일이 절대 아니었음에도 얼음이 나타난 덕분에 뜨거웠던 열기가 한풀 꺾이자 그들도 조금은 정신을 차릴 수가 있었던 것이다.

그런 얼음의 벽 위에 모습을 드러낸 그림자가 있었다.

"뭐, 뭐야?"

모두 흠칫 놀라며 그림자를 향해 올려다보았다. 그런데 그 모습이 꽤나 익숙해 보인다.

"브, 블랙로브?"

"저, 정말이다!"

"어떻게 이곳에 이 자가 있는 거야?"

모두 경악하고 말았다.

블랙로브는 미국의 각성자들 사이에서도 꽤나 유명했던 탓에 거의 대부분이 그를 알아보았던 것이다.

물론 블랙로브의 독특하고 요란한 능력 때문에 많이 알려져 유명하다는 것일 뿐, 이곳에 있는 자들 중 그의 능력이 뛰어나다고 여기는 이는 없었다.

어찌되었건 현재 그가 이곳에 있다는 건 쉽게 납득이 되지 않고 있었다.

그들이 알고 있기론 그는 아시아의 조그마한 나라 출신이고, 그는 그의 나라를 벗어나 활동한다는 이야기를 들은 바도 없었다.

그런데 그가 입을 열자 그들의 의문은 해소되었다.

"너희들을 구해달라는 요청을 받고 왔다."

자신들을 구하기 위해 미국 헌터연합의 요청이 들어간 것 같았다. 물론 그들은 그만큼 미국 내에서도 최고등급에 속하는 각성자들이었으니 당연한 일이었다. 아마도 정부 차원에서 그들을 구해내기 위해 여러 국가의 독특한 능력자들에게 요청을 넣었을 것이 분명하다.

하지만, 그저 블랙로브가 이곳에 들어왔다는 사실만으로 기뻐할 만한 일은 아니다.

"당신은 어떻게 들어왔지? 설마 우리처럼 함정에 빠진 건가?"

실제로 그들은 이상한 힘에 의해 강제로 이곳에 갇혀 버렸다.

일종의 함정에 빠진 상황.

어쩌면 블랙로브도 자신들과 마찬가지 상황일지도 모를 일이었기 때문이었다. 하지만 본인 입으로 저렇게 당당하게 찾아왔다고 하니 아닐 수도 있다.

"방금 말했을 텐데, 구해달라는 요청을 받고 왔다고."

"그럼 빨리 우리들을 구해줘."

"단, 너희들에게도 요구할 일이 있다."

블랙로브의 말에 모두가 의아한 표정을 지었다. 구해주
려고 왔으면 빨리 구해줄 것이지 여기서 웬 협상 질인지 알
수가 없었던 것이다.

황당해 하는 그들에게 블랙로브는 차가운 음성으로 말했
다.

"너희들이 가지고 있는 '불새의 알'을 돌려받아야겠
다."

"뭐?"

블랙로브의 입에서 생각지도 못한 말이 툭 튀어나오자
모두 경악했다.

그들이 이곳에서 죽음을 무릅쓰고 싸운 목적이 바로 '불
새의 알' 때문이었다.

던전이 생긴 이래 모든 재료 아이템을 포함해서 지금까
지 인간이 발견한 것 중 가장 강력한 에너지를 머금은 보
석.

엄청난 마나에너지를 머금고 있어 그 사용도가 무한에
가까울 것으로 여겨지는 그런 보석을 저따위 말 한마디에
내어줄 수는 없는 일이었다.

아니, 그보다 그가 이곳에 불새의 알이 있다는 사실을 어
떻게 알았으며, 또 그것을 자신들이 가지고 있다는 사실은
또 어떻게 알 수 있었는지 이해할 수가 없었다.

이번 그들의 임무는 비밀리에 이뤄진 일이었고, 이 계획을 아는 인물은 몇 명이 채 되지 않는다. 거기다 아는 인물들 중 비밀을 발설할 만한 사람은 없었다.

그 때문에 제이슨이 블랙로브에게 물었다.

"당신이 어떻게 그걸 알고 있는 거지?"

"그건 알 거 없고, 어서 그 불새의 알은 돌려주도록 해."

"돌려주라니, 도대체 누구에게……? 헉!"

제이슨은 허공에 갑자기 나타난 물체 때문에 하던 말을 멈추며 놀라고 있었다.

그것은 거대한 불새였다.

"어, 어떻게 저 몬스터가……?"

"어서 그 알을 돌려주도록 해. 나로서도 너희들이 그것을 돌려주지 않으면 여기서 구해줄 방법이 없으니까."

모두의 시선이 공중에서 날개를 퍼덕거리며 아래를 향해 무서운 눈으로 내려다보고 있는 불새에 고정되어 있었다. 그 때문에 그들은 꽤나 당황하고 있었다.

"너희들이 계속 돌려주지 않고 버틴다면 저 녀석이 너희들을 가만두지 않을지도 몰라."

"넌 도대체 누구 편이냐? 저딴 몬스터의 입장을 대변하기라고 하겠다는 건가?"

"난 누구편도 아니다. 단지 너희들을 구해달라는 의뢰를 지인에게 받았고, 그들의 입장을 생각해 구하러 왔을 뿐."

"뺏어갈 수 있으면 해보라지."

"순순히 내어줄 거라고 생각하지 마라."

그런 모습에 유정상이 조금 어이없다는 표정을 지으며 머리를 긁적였다. 죽어가고 있는 주제에 저렇게 완강하게 저항할거라고는 생각지 못한 것이다.

그 때문일까 불새가 흥분했는지 공중에서 날개를 거칠게 퍼덕거리며 입안에 불을 머금고는 머리를 흔든다.

그 때문에 녀석들이 일어나서는 자신들의 무기를 꺼내들었다.

몸 상태가 안 좋다고는 해도 4급 이상의 각성자들이 10명이나 되었기에 충분히 불새를 상대할 수 있다고 여긴 것이다.

그런데 그때 제이슨이 얼음벽을 뛰어넘고는 용암 쪽으로 달려갔다. 그리고 자신의 가방에서 붉은색의 번들거리는 타조 알 크기의 보석을 꺼내 들었다. 그러더니 그것을 손에 쥔 채로 용암 근처 쪽으로 다가가 팔을 뻗었다.

"놈은 우리를 어쩌지 못해. 만약 그런 일이 생긴다면 이 알은 불태워질 테니까."

이미 이들은 불새가 자신들을 이제까지 어쩌지 못하고 그저 지켜보고만 있었던 이유를 잘 알고 있는 것 같았다.

"끼아아아아아!"

아무튼 제이슨의 행동 때문에 흥분한 불새가 소리를 질렀다.

그러자 블랙로브가 고개를 갸웃거렸다.

얼굴은 웃고 있었지만 그 모습이 외부로 드러나지 않았으니 그저 갸웃거리는 정도로만 보였다. 그런 블랙로브가 어깨를 한번 으쓱했다.

"왜 그렇게 미련하지? 살고 싶지 않은 건가?"

"의뢰를 받았으면 우리를 살려줘. 어차피 이건 못 돌려주니까."

"나 참, 그럼 할 수 없지."

유정상이 그렇게 말하고는 어깨를 으쓱했다. 그런데.

"엇!"

제이슨의 손에서 불새의 알이 떨어져나가며 공중으로 이동하더니 블랙로브의 손으로 이동해 버렸다.

그때서야 그가 염동력의 능력을 가진 복합능력자였다는 사실을 떠올렸다. 하지만 이미 늦어버린 상황.

"젠장, 저 자식!"

제이슨이 소리치며 자신의 주먹을 내밀었다.

그러자 그의 보랏빛 반지가 빛을 뿌리며 강렬한 빛이 유정상을 향해 뿜어졌다.

파아아앙!

순간 모습을 드러낸 커서 방패에 의해 막혀 버렸다. 유정상은 이해할 수 없는 상대의 행동에 그저 멀뚱하게 바라보았지만 커서 방패는 상대의 공격이 그에게 피해를 줄 수 있는 것으로 판단한 것이다.

아무튼 유정상은 제이슨의 공격에 진심이 담겼다는 사실을 확인하고는 조금 황당해 했다.

"이거야 원. 어이가 없네. 죽고 싶어 환장한 건가?"

마음 같아서는 죽여 버리고 싶었지만 그래도 의뢰랍시고 전달해준 공지훈의 입장을 생각해 화를 가라앉혔다.

"너희들 운 좋은 줄 알아."

"개자식, 그거 안 돌려주면 알아서 해."

"내 손에 들어온 이상 그런 일은 없지."

일단 자신의 손에 쥐어진 불새의 알을 커서로 불새에게 보내자 그것을 날름 삼켜버린다.

그 모습에 결국 모두 폭발해 버린다.

"블랙로브, 너 이 개자식 죽여 버리겠다!"

몇 놈이 자신의 원거리 무기를 사용해 갑자기 공격했다.

마탄을 발사하거나, 빛의 활을 사용한 공격.

그러나 그 모든 공격이 커서 방패에 의해 가로 막혔다.

"멍청한 것들."

그렇게 말한 유정상이 불새에게 눈짓했다.

그러자 불새의 몸이 빛나더니 각성자들의 주위에 불꽃의 마법진이 그려졌다.

모두의 시선이 그 마법진에 고정되던 그때 다시 마법진이 번쩍하더니 강렬한 에너지가 발동했다. 곧이어 그곳으로 주변 사람들이 빨려 들어가기 시작했다.

"으아아아아!"

"뭐, 뭐야아아아! '

"젠자아아앙!"

사람들이 소리를 지르며 그곳으로 모두 빨려 들어가 버렸다.

팟.

그리고 사람들을 삼켜버린 마법진이 사라지자 유정상이 휴 하며 한숨을 쉬었다.

"바쁜 날이네. 정말."

"후후. 정말이야."

불새가 그렇게 대답하더니 몸을 변화시킨다. 그리고 붉은 드레스를 입은 동안녀 파울라가 모습을 드러냈다.

"덕분에 모든 일을 잘 해결했어."

"나도 덕을 봤으니 윈윈(win-win)이지 뭐."

힘들었지만 아스모데우스는 결국 우타슈와 두 여인의 도움을 받아 처리할 수 있었다. 물론 칠마귀살대도 마찬가지였다.

아무튼 덕분에 드래곤을 잡으면서 받은 경험치와 합쳐지면서 레벨이 15가 올라 125에 도달했다.

그리고 마지막 일의 마무리를 위해 그녀의 도움으로 유정상이 이곳에 온 것이었다.

"그런데 그거 정말 네 알이야? 보기엔 알이라기보다는 보석처럼 보였는데."

"분신은 맞으니 특별히 다르지는 않지. 그렇다고 이곳에서 나의 아기가 태어나는 건 아냐."

놀랍게도 그녀의 정체는 처음 만났을 때의 모습인 불새가 맞았다.

원래는 특별한 능력을 가지지 않은 불새로 태어났고, 그렇게 이계에서 살아가던 그녀가 마족들이 침공한 전쟁에 휘말려 부상을 입은 채로 이곳 던전에 들어오게 되었고, 이곳에서 그녀의 스승인 엘루가를 만난 것이다.

엘루가 역시도 몬스터인 불도마뱀이었는데 자신의 스승을 만나 던전 마스터가 된 케이스였다. 아무튼 그녀는 엘루가의 제자가 되었고 그렇게 마법을 전수받아 그녀가 수명을 다하고 사라진 뒤 그녀 뒤를 이어서 이곳의 수호자가 된 것이었다.

하지만 그녀는 마스터가 되기 위해 자신의 분신을 만들어 던전의 가장 중요한 힘이 모이는 장소에 가져다 놓아 그 힘을 유지시켜야만 하는 임무가 있다.

그래서 네 개의 알을 만들어 던전의 특정 장소에 숨겨두었다.

그런데 세 개의 알은 이미 자리를 잡고 그곳에 스며들었으나 네 번째는 아직 완전히 스며들지 못한 상태에서 던전에 침입한 인간에게 탈취당한 것이었다.

그런 상황에서 화가 난 파울라가 인간들을 모두 죽여 버리려 했지만 그들이 있는 용암지대에서 자칫 자신의 분신이 소멸될지도 모른다는 두려움에 탈출하기 어려운 장소로 이동시키는 함정을 만들어 그들을 가두어 둔 것이었다.

모든 이야기를 들은 유정상이 고개를 끄덕였다.

"그럼 이젠 곧 던전 마스터가 되겠군."

"그래. 아마 그렇겠지."

"그럼 너도 제자를 들여야 하는 거냐?"

"맞아. 그것이 내 운명이거든. 그래서 말이야 부탁이 있어."

"뭔데?"

"그 조그만 녀석 있지 빛의 쌍검을 휘두르던……."

"백정?"

"그래."

뭔가 좋지 않은 예감이 스쳐지나갔다.

유정상이 싸늘한 표정으로 말했다.

"백정이는 왜?"

"혹시 내 제자로……."

"닥쳐! 이 미친년아!"

# 커서 마스터
## Cursor Master

4. 이벤트 던전

# 커서 마스터

## Cursor Master

### 4. 이벤트 던전

던전 밖에선 많은 수의 백인 각성자들이 장비를 점검하고 있었다.

그나마 마지막 수단으로 여기던 블랙로브가 던전에 들어간 지 거의 하루가 되었음에도 나오지 않고 있으니 그들로서는 결국 다시 구조팀을 꾸리는 것으로 결론을 짓고 있었던 것이다.

"아직, 블랙로브가 죽은 건 아니에요."

그녀의 심안은 블랙로브가 아직 살아있음을 알려오고 있었다.

그러나 그런 그녀의 말에도 새롭게 구성된 팀원들은 여전히 장비를 점검했다. 일반적인 고위급 각성자들이었다면 그녀의 만류를 뿌리치며 던전에 들어갈 수는 없었을 테지만, 이 팀의 리더는 던전에 갇힌 팀의 리더인 제이슨의 형 리키였다.

동생을 구하려고 혈안이 되어 있는 그에게는 옥타비아의 명령도 귀에 들어오지 않았다.

"동양인 하나를 믿고 마냥 기다릴 수는 없습니다."

"하지만 그가 아니면 이 일을 해낼 수 있는 사람은 없어요."

"옥타비아, 평소라면 그 말을 믿었을지도 모릅니다만, 지금은 아닙니다. 제 동생이 언제까지 버틸 수 있을지 알 수 없는 상태에서 이렇게 두 손 놓고 기다리고만 있을 수는 없어요."

그렇게 말한 리키가 모두를 바라보자 팀원들이 고개를 끄덕였다.

그리고 그렇게 던전을 향해 움직이려 하던 때였다.

던전의 입구에 에너지가 몰리는 느낌이 순간 들자 모두 그곳에서 물러났다.

번쩍.

입구에서 스파크가 일더니 십여 개의 인영이 우르르 바깥으로 튕겨져 나왔다.

"으아악!"

"앗!"

"크악!"

주변에 있던 사람들은 모두 놀란 표정으로 바닥을 뒹구는 십여 명의 사람들을 그저 바라만 보았다.

그러다가 방금 던전에서 튕겨 나온 이들이 지금껏 던전에 갇혀 있던 사람들이라는 것을 확인하고는 모두가 모여들었다.

소식을 듣고 근처에 대기 중이던 의료진들도 재빨리 모여들었다.

강력한 힘에 의해 던전을 튀어나온 각성자들이 잠시 동안 정신을 잃고 있는 사이 주변 의료진들이 그들을 들것에 실어 구급차로 옮겼다.

다행이 체력이 많이 소진되어 있다는 것 말고는 심각한 부상이 보이지 않음을 확인하고는 모두 안심한다. 특히 제이슨의 상태를 확인한 그의 형 리키가 가장 안도했다.

그리고 그가 옥타비아 쪽을 바라보며 고개를 끄덕였다.

옥타비아는 그런 그의 모습을 바라보다 다시 던전 쪽으로 시선을 돌렸다.

모든 일이 잘 마무리가 된 것 같은 느낌이라 안심은 하고 있었지만 역시 예상대로 블랙로브의 모습은 보이지 않는다. 잠시 동안 그렇게 던전의 입구를 바라보던 그녀가 주변에 있던 한 여자에게 다가갔다.

옥타비아의 접근에 살짝 놀란 얼굴의 여자.

그런 그녀에게 옥타비아가 뭔가를 불쑥 내밀었다.

"이거."

"네?"

설명도 없이 그저 조그마한 종이 한 장을 내밀자 깜짝 놀란 표정으로 옥타비아를 바라보는 여인.

그녀는 블랙로브와 처음 조우해 싸웠던 디아나였다.

"내 연락처입니다. 만나게 되면 그에게 알려주세요."

"네? 저…… 저요?"

"당신은 은신술 감지에 뛰어나죠?"

"그렇긴 하지만. 왜 하필 저에게……?"

"당신뿐이거든요. 이걸 전해줄 수 있는 사람은."

"……?"

디아나는 옥타비아의 말을 들으면서 자신도 거의 낌새를 느끼기 어려웠던 블랙로브의 뛰어난 은신술을 떠올렸다. 이제껏 그렇게 감지하기 어려웠던 은신술은 그가 처음이었다.

어쨌건 옥타비아의 말은 블랙로브가 은신술을 쓴 상태에서 던전을 빠져나올 거라는 의미로 들렸다. 그리고 그것을 알아챌 사람은 자신뿐이라는 것을 이야기하는 것이리라.

알 수 없는 부담감.

그런 그녀가 옥타비아에게 말했다.

"그를 놓치면 어떡하죠?"

옥타비아는 디아나의 의미 없는 질문에는 대답하지 않고 미소만 지어보이다 곧 자신의 경호원인 빈센트를 불렀다.

그러자 3급 각성자이자 옥타비아의 열렬한 추종자인 그가 재빨리 다가왔다.

"우린 이만 돌아가도록 해요."

"네? 블랙로브와의 일은……?"

"제가 알아서 할게요."

"알겠습니다."

빈센트가 고개를 끄덕이고 운전사를 부르는 사이 그녀는 자신이 주로 타고 다니는 익스플로러 밴에 올랐다.

✜ ❖ ✜

가이아 던전에 대부분의 사람들이 사라진 이후 몇 시간이 흐른 뒤 새벽.

입구에서 하나의 검은 인영이 나타났다.

블랙로브를 뒤집어쓴 사내, 유정상이었다.

중급의 은신 스킬을 시전 중인 상태여서 사람들의 이목에 걸리지는 않을 것이라는 생각에 조금은 방심한 상태였다.

그 때문일까.

여자의 음성이 들려왔다.

"이제야 나타나셨군요."

익숙한 목소리다.

확실히 방심한 탓도 있겠지만 그래도 나름 중급의 은신술임에도 그녀의 눈을 속일 수 없었다.

처음 아누비스 던전에서 만났던 글래머 여자, 디아나였다.

설마 가이아 던전에서 자신을 기다리고 있을 거라고는 전혀 짐작하지 못하고 있었다.

"또 너인가?"

"제 이름은 디아나예요."

디아나는 블랙로브의 기억에 자신의 이름이 기억되길 원했다. 처음 만남이 약간 어그러진 것이 문제였지만 사실 그녀도 블랙로브의 활약에 꽤나 관심을 가졌더랬다.

하지만 블랙로브는 그녀의 마음과 달리 이름 따윈 관심도 없었고, 기억할 생각도 없어보였다.

"이번에도 귀찮게 할 셈이냐?"

"아뇨. 전 옥타비아의 부탁으로 당신을 기다리고 있었어요."

"부탁?"

옥타비아의 이름은 기억하고 있었으니 누군지는 알고 있다. 검은 두건으로 눈을 가린 신비한 느낌의 여자.

"설마 내 요구가 부담스러워 도망친 건 아니고?"

약간은 비아냥거리는 듯한 말투.

임무 완성 후 원하는 걸 이야기하겠다고 했지만 특별히 요구하고 싶은 건 없었다. 아니, 더 이상 그들과 얽히고 싶지 않다고나 할까.

그러나 그런 그의 말이 거슬리는 디아나가 조금은 굳은 얼굴로 대답했다.

"옥타비아를 모독하는 말은 삼가세요. 그녀는 그저 당신에게 이것을 전해주라고 했으니까요."

디아나가 메모지 한 장을 내밀자 그것을 받아들었다.

"이건 뭐지?"

"그녀의 연락처예요."

메모지를 확인해보니 전화번호와 함께 뭔가 영어로 적혀 있었다. 유정상은 스킬의 도움으로 대화는 가능했지만 영어로 쓰인 글자까지 읽을 수 있는 건 아니었다.

그러나 다행히 숫자 말고는 중요해 보이지 않는다.

그런데 그녀가 어째서 자신에게 이것을 내민 것인지 알 수가 없었다.

"왜 이런 걸 주는 거지?"

"그건 저도 모르겠어요. 전 그저 그녀가 시키는 대로 할 뿐이니까."

"흐음."

솔직히 유정상은 조금 놀라고 있었다.

사실 던전을 늦게 빠져나온 이유도 모두를 피하기 위해서였고 혹시 누군가 남아 있다고 해도 은신술을 펼쳐 빠져나가려고 했었다.

솔직히 유정상은 그들에게 뭔가를 요구할 생각이 별로 없었기 때문이다. 기껏해야 그들은 돈 따위를 내 놓을 것이고, 그런 걸 받게 되면 계속 얽히게 될 테니 그런 모든 일들이 조금 귀찮았던 것이다.

그런데 옥타비아는 이곳에 있지도 않았고, 자신의 은신

술이 통하지 않는 디아나를 남겨놓아서 이렇게 전화번호를 전해주었으니 결국은 자신의 이런 행동을 모두 예측하고 있었다는 뜻 아닌가?

하지만 그렇다고 해도 유정상은 지금 그녀에게 따로 연락할 생각은 없었다.

구태여 그녀를 다시 만나야 할 이유는 없었고 일단 이렇게 빚을 지워두면 나중에 도움이 필요한 순간이 오면 유용하게 써먹을 수 있을지도 모를 일이다.

당연히 이런 카드는 마지막까지 소모하지 않고 놔두는 것이 좋은 법이었다.

그런데 디아나가 유정상에게 뭔가 하고 싶은 말이 있는지 잠시 머뭇거리다 그가 전화번호를 확인하는 사이 결심했는지 입을 열었다.

"그런데 저, 그……."

"알았어. 그럼 난 가보도록 하지."

"저, 저기……."

파팟.

그녀가 뭔가 이야기하려 했지만 이미 블랙로브는 사라지고 없었다.

그녀의 감각에서도 전혀 느껴지지 않는 걸 보면 이미 그가 이곳을 완전히 빠져 나간 것이다.

"당신과 사진 한 장……."

뒤늦게 나온 그녀의 말.

신형 휴대폰이 들어 있는 허리춤의 강화가방에 손이 간 채로 멈춰 버렸다.

그녀는 그와 조금 더 친해지고 싶었고, 그와 기념사진이 라도 한 장 남겨두고 싶었지만 블랙로브는 벌써 사라지고 없다.

첫 인상이 그에게 나쁘게 보여 졌을 거라는 사실을 깨닫 고는 조금 우울해져 버렸다.

❖ ❖ ❖

빠르게 이네크의 걸음으로 이동 중이던 유정상이 블랙로 브를 해제하고 인벤토리에 넣어둔 휴대폰을 꺼내 공지훈에 게 연락했다.

그런데 목소리가 조금 당황하는 듯 보인다.

-으응. 형. 나 지금 좀 바빠서 나중에 연락할게.

딸깍.

엉뚱한 소리를 하는 걸보니 뭔가 사정이 생긴 게 틀림없 다. 원래라면 녀석을 만나고 다시 전용기를 이용해 한국으 로 돌아가려 했는데 그것이 틀어진 것이다.

'이젠 어쩌지?'

뉴욕의 변두리 도시의 한적한 공원에 앉아 잠시 고민에 잠겼다.

크게 피곤한 것도 아니라 굳이 어딘가 집에 갈 필요는

없지만 그렇다고 해도 생소한 도시에서 밤을 지새우는 것
도 별로 좋은 기분이 아니라 잠시 고민에 빠졌다. 그리고
곧 디아나가 자신에게 건넨 옥타비아의 전화번호가 떠올
랐다.

아는 사람도 연락할 사람도 아무도 없는 뉴욕의 새벽에
자신에게 주어진 유일한 연락처.

뭔가 묘하게 운명적인 느낌을 받으며 유정상은 메모지를
꺼내 전화번호를 확인했다.

잠시 그것을 내려다보며 생각하던 유정상이 곧바로 전화
를 걸었다.

-기다리고 있었어요.

당연하다는 듯 그렇게 말하는 옥타비아의 목소리가 들려
왔다.

"나라는 건 어떻게 확신했지? 당신 정도면 전화 올 곳도
많을 텐데."

하지만 그녀는 엉뚱한 소리를 했다.

-목소리가 다르군요.

당연히 블랙로브를 해제했으니 본래의 목소리로 돌아온
것이다.

물론 그럼에도 언어스킬은 작용하고 있어 그녀의 말을
알아들을 수는 있었다. 그럼에도 유정상은 블랙로브를 뒤
집어쓰고 있을 때처럼 하대했다. 갑자기 그것을 바꾸자니
그것도 조금 어색했던 탓이다.

"내 질문에나 대답해.

-일회용 폰이에요. 그래서 전화번호를 아는 사람은 당신 밖에 없어요.

"일회용이라고?"

-네.

그러고 보니 그런 게 미국에 있다는 이야기를 들어본 것 같기도 했다.

"그건 그렇고, 왜 내 전화를 기다린 거지?"

-당신에게 필요한 것을 알려드리기 위함이죠.

"내가 필요로 할 것이 뭔지 알고 있다는 걸로 들리는 데?"

-지금 계신 벤치 밑을 살펴보세요.

"벤치?"

갑자기 황당한 표정을 짓던 유정상이 얼떨결에 공원벤치 밑을 살폈다. 새벽이라 어둡기는 했지만 유정상의 능력치 가 높았던 탓에 벤치 아래의 어두운 공간도 잘 보였다.

그런데 정말 그녀의 말대로 벤치 아래에 조그마한 상자 가 붙어있는 게 보인다.

손을 뻗어 그것을 떼어내고는 상자를 확인했다.

자그마한 종이 상자였다.

"이게 뭐지?

-열어보세요.

유정상이 그것을 조심스럽게 열어보았다.

그 속엔 일반 열쇠 하나와 자동차 스마트키가 들어있었다.

잠시 멍한 얼굴로 그것을 내려다보던 유정상이 그녀에게 다시 물었다.

"어떻게 내가 이곳에 올 거라는 걸 알고 있었지?"

단순히 추적하는 정도로는 이렇게 정확히 공원벤치에 이런 물건을 미리 가져다놓을 수는 없는 일인 것이다.

-심안의 능력이에요. 당신이 바로 그 자리에서 나에게 전화를 걸 미래를 보는 거죠. 물론 저도 어째서 그런 것이 보이는지는 정확히 설명 드릴 수 없군요.

"편리한 능력이군."

-그렇지도 않아요. 꽤나 많은 심력을 소모해서 피로도가 높은 능력이니까요. 특히 꼭 일어나야 할 운명을 바꾸기 위해선 생명력까지 소모해야 하고……. 그 때문에 제 몸도 점점 약해져 가니까.

뭔가 이 여자에게도 남들이 모르는 나름의 사정이라는 게 있는 것 같았다.

-아, 시시한 얘기를 했네요.

"별로 시시하다고 생각은 하지 않았어. 그저 나와 상관없다는 생각은 했지만."

-그건, 그래요.

어쩐지 목소리가 쓸쓸하게 들린다.

그럼에도 그녀는 계속 말을 이었다.

─근처에 차가 있을 테니 그것을 타고 차에 있는 내비게이션의 안내대로 움직이시면 휴식하실 수 있는 장소를 찾을 수 있을 거예요.

"내가 그곳으로 간다는 건 당신 말고 또 누가 알고 있지?"

─저만 알고 있으니 걱정하지 않으셔도 되요.

그녀의 말은 묘한 설득력을 지니고 있어 '널 어떻게 믿어?' 라는 말은 튀어나오지 않았다.

뭐 사실 또 누군가가 좀 끼어든다고 해도 그저 조금 귀찮을 뿐 두려울 것은 없다.

전화를 끊은 유정상이 자동차 키를 들어 버튼을 누르자 근처에서 번쩍거리며 '삑' 하는 소리가 들려온다.

공원 인근 도로변에 세워진 고급 세단이 보인다.

얼마 전에 출시된 캐딜락의 신형 자동차였지만 유정상에게는 그저 예전에 본 것 같은 구형의 차일 뿐이다.

스마트키를 이용해 운전석 도어를 열어 좌석에 앉았다. 시동을 걸자 내비게이션이 켜지며 어떤 장소를 가리킨다.

자동차가 미끄러지듯 그곳을 빠져나갔다.

한산한 새벽길을 달린 자동차가 조용한 마을로 들어섰고, 잠시 후 하얀색의 단층 주택에 도착했다.

미국 드라마에서 자주 본 듯한 잔디 마당이 있는 평범하지만 깔끔한 느낌의 주택이다.

차에서 내린 유정상은 집으로 가서 박스에 들어있던 열쇠를 이용해 문을 열었다.

딸깍.

문이 열리자 자동으로 거실 등이 켜진다.

그리고 계속 관리가 되고 있었던 것처럼 깔끔한 거실이 눈에 들어왔다.

그것들을 살피던 유정상이 곧 다시 옥타비아에게 전화를 걸었다.

–그곳에서 원하시는 만큼 머무르셔도 되요.

"이 집의 용도는 원래 뭐였지?"

–그냥 제가 가끔 사용하는 집이에요. 그러니까 원하시는 만큼 머무르시다가 혹시 제게 요구하실 일이 생각나시면 그때 얘기하셔도 되요.

당장 요구할 것이 없다는 것도 잘 알고 있는 여자였다. 어쩐지 그녀에게는 뭔가를 숨길 필요도 없을 것 같다는 느낌에 대화하기가 무척 편하다는 생각이 들었다.

–오늘은 심안을 너무 많이 사용한 덕분에 피곤하군요. 블랙로브 당신도 쉬세요.

전화를 끊고 집안을 대충 훑어보다 깔끔하게 치워진 방으로 들어갔다.

❖ ❖ ❖

모처럼 깊은 잠에 빠졌던 유정상은 오후가 되어서야 눈을 뜰 수 있었다.

그리고 자신이 새로운 장소에서 잠이 들었다는 걸 기억하고는 눈을 비비며 일어나서는 주변을 살핀다.

옥타비아의 도움으로 찾아온 개인주택.

어젠 정말 정신없었던 하루였다.

특히 마지막 아스모데우스와 우타슈의 전투는 그야말로 최고였다. 드래곤들과의 싸움으로 많이 지쳤음에도 아스모데우스의 전투력은 생각 이상이었고, 그를 상대하던 우타슈 역시도 마찬가지였다.

물론 칠마귀살대야 유정상이 혼자 상대해 금방 소멸시켜 버렸고, 그들의 전투를 진지하게 구경할 수 있었다. 그 덕에 추가적인 1레벨의 상승도 해 버렸다.

이미 드래곤까지 사냥하는 바람에 한꺼번에 엄청나게 레벨을 올린 덕분인지 유정상의 능력은 비약적인 발전이 있었고 자신감도 높아져 있었다.

그래서 우타슈가 만약 싸움에서 패배하면 자신이 마무리하겠다는 생각을 하고 있었다. 그러나, 우타슈의 전투력이 조금 높았던 것인지 결국 그가 승리했고 아스모데우스는 다시 육체가 소멸하며 그곳에 잠들어야만 했다.

물론 그 이후 유정상은 화염의 구슬을 커서 접착제로 봉인했음은 당연한 일이었다.

사실 화염의 구슬 봉인 자체는 별게 아니었던 것이다.

아침부터 뻐근해 오는 몸.

거실 옆에 샤워룸이 있었다.

그곳에 들어가 뜨거운 물로 샤워를 하니 개운하다.

물론 클린볼을 사용하면 몸의 노폐물을 순간 소멸시켜 개운한 기분이 들게 하지만 샤워는 또 다른 맛이다.

샤워를 끝낸 후 거실로 나갔다.

거실 옆 부엌에 커다란 냉장고를 열어보니 이것저것 먹을 게 많다.

그런데 놀라운 건 부엌의 싱크대 안쪽에 가지런하게 놓인 라면들.

익숙한 한국 라면이 종류별로 30개 정도가 있었다.

유정상이 한국인이라는 사실 때문에 일부러 가져다 놓은 것이리라.

라면을 먹고 나니 거실 한복판에 놓여 있는 컴퓨터에 눈이 갔다.

한글 입력이 가능한 키보드였던 것이다.

대체 옥타비아는 자신이 이곳에서 머물게 될 거라는 사실을 언제부터 알고 있었던 것일까?

컴퓨터 옆에 휴대폰 몇 개가 놓여있다.

조금은 조잡해 보이는 모양의 휴대폰.

곁에 영어로 쓰여 있는 메모지가 보였지만 무슨 뜻인지는 알 수 없다.

혹시나 하고 커서를 쪽지 위로 가져가 보았더니 한글로 번역된 글이 뜬다.

[일회용 폰이에요. 필요하실 때 사용하세요.]

이것저것 신경을 쓴 흔적이 많이 보인다.

뭔가 옥타비아라는 여자의 섬세함이 느껴진다.

"마음에 드는 여자네."

외국에 나와 이정도의 대접을 받았으면 나름 성공한 기분이랄까.

잠시 혼자 피식 웃은 유정상이 일회용 휴대폰을 들어 공지훈에게 전화를 걸었다.

어제의 녀석 반응 때문에 궁금증이 생겨서였다.

ㅡ여보세요?

"어젠 무슨 일이었어?"

ㅡ아, 정상이구나. 어젠 미안하다. 미국 헌터협회 놈들에게 잡혀있는 바람에.

"무슨 일인데?"

ㅡ네 일이지 뭐. 네가 일을 잘 처리했다는 이야기는 들었어. 그런데 그 자식들 중 몇 명은 네가 자신들의 일에 간섭한 게 마음에 들지 않는지 빽빽거리긴 하더라. 무슨 일이 있었냐?

아무래도 불새의 알과 관련된 일인 듯싶었다.

"그건 나중에 설명해 줄게."

전화상으로 자세한 이야기를 하기엔 부담이 있었다.

"그리고 나 한동안 미국에서 지낼 테니까 한국에 일 있으면 먼저 돌아가도록 해."

미국에 온 김에 이곳 던전을 조금 돌아볼 생각이었다.

이런 기회가 아니면 언제 다시 오겠나 싶었기 때문이다.

－내가 일이 있긴 뭐가 있겠어? 나도 여기 온 김에 던전이나 돌면서 새로운 식도락 여행이나 하고 있을 테니까 돌아가고 싶은 때에 연락해.

"그래."

그렇게 전화를 끊고는 집에도 전화를 걸어 회사 업무일로 출장을 나왔다고 말했다.

갑자기 아무 준비도 없이 출장을 가서 어떻게 하냐며 걱정하시는 어머니께는 대충 며칠 정도는 이곳에서 보내야 할 것 같으니 필요한 건 다 이곳에서 새로 살 거라고 안심시킨 다음에 전화를 끊었다.

미국에 온 김에 인근 던전이나 돌아볼까 하는 마음에 휴대폰을 만지작거리는데 누군가 집으로 들어온다.

"푹 쉬셨나요?"

역시 예상대로 옥타비아였다.

그런데 그녀는 눈에 검은 두건이 아닌 선글라스를 끼고 있었다.

하늘색의 산뜻한 꽃무늬의 원피스 차림이었는데 큰 키였지만 산뜻한 느낌이었다.

낮에 다른 복장의 그녀를 보니 또 다른 느낌이었다. 하지만 유정상은 느긋한 얼굴로 손까지 흔드는 여유를 부린다.

"덕분에."

그런 그를 보고 옥타비아가 조금 놀란 표정을 지어 보인다.

"생각보다 젊으시군요."

"눈이 보이는 건가?"

"시력을 잃었다고 생각하셨나요?"

"아무래도 눈을 천으로 가린 상태였으니까."

화사한 웃음을 지으며 물어보는 그녀를 보면서 유정상은 던전에 들어가기 전에 보았던 그녀의 모습을 떠올리며 그렇게 대답했다.

그러자 옥타비아는 여전히 빙그레 웃으면서 고개를 끄덕였다.

"맞아요. 전 눈이 보이지 않아요."

"그럼. 지금은……?"

"심안의 능력으로 보는 거죠. 눈으로 보는 것보다 더 많은 것이 보이거든요. 아무튼 블랙로브를 입고 있을 땐 몰랐는데 지금 모습은 정말 뜻밖이에요."

"생각보다 젊다?"

"네."

"뭐, 이곳 나이로는 21살이니까."

"마치 자기 자신을 다른 사람인 것처럼 이야기하시는군요."

옥타비아가 묘한 얼굴로 유정상을 바라보자 어쩐지 무안해졌다. 미국의 나이로 21살이라는 말이었는데 옥타비아는 어쩐지 다른 의미로 받아들인 것 같았다.

하지만 그녀의 말에 조금 찔린 유정상이 어색하게 웃었다.

"그런가? 하하."

"……."

여전히 묘한 얼굴이다.

"왜?"

"글쎄요. 어쩐지 당신에게서 느껴지는 느낌과 외모가 너무 다르다고 해야 할까. 미묘하군요."

다시 한 번 뜨끔해지는 유정상.

"애 늙은이 같다는 이야기는 가끔 듣지."

"애 늙은이인가요?"

"그래."

"그렇군요."

유정상의 말을 수긍한 것인지 아니면 말하기 싫어하는 부분에 대해서 그냥 모른척해 주는 것인지 알 수 없는 표정이다.

어쨌든 화제를 전환하기 위해 유정상이 이야기를 돌렸다.

"그나저나 어쩬 조금 시끄러웠던 모양인데, 무슨 일이 있었지? 혹시 불새의 알 때문인가?"

"알고 계셨군요. 맞아요."

"만약 내가 그것을 빼앗지 않았다면 그들은 모두 그곳에서 살아남지 못했을 거야. 물론 개인적으로는 내게 덤벼들기까지 한 녀석들이야 죽든 말든 상관없는 일이지만 일단 의뢰를 받은 일이니까 최선의 선택을 한 거야."

유정상은 거기에 대한 이견은 받지 않겠다는 듯이 먼저 그렇게 딱 부러지게 말했다. 그러자 옥타비아도 고개를 끄덕이며 순순히 그의 말을 받았다.

"알고 있어요. 그리고 그 문제는 잘 마무리 되었으니 신경 쓰지 않으셔도 돼요."

"그럼 다행이고……. 그런데 지금은 무슨 일로 찾아온 거지?"

"개인적인 부탁이 있어서요."

"개인적인 부탁? 뭐지?"

자신을 위해 세세한 준비를 해두었던 덕분에 그녀에겐 조금 호감이 있었다. 가벼운 부탁 정도는 들어줄 수 있다는 생각으로 물었더니 옥타비아가 간절한 표정으로 말했다.

"저에 대해서 알려주세요."

"……?"

"당신이라면 저에 대해 알려주실 수 있을 거라는 느낌이 들어요. 그렇지 않나요?"

확신에 찬 그녀의 말을 듣자 순간 심안의 능력이 얼마나 대단한지 알 것 같은 느낌이었다.

그녀는 커서의 정체에 대해서는 아직 전혀 모르면서도 분명 유정상이 뭔가의 특성을 알아보는 특별한 능력이 있다는 것을 눈치 채고 있었던 것이다.

"구체적으로 어떤 것을 알려달라는 거지?"

"제 느낌이 틀리지 않았네요. 그렇게 말씀하시는 걸 보면."

"……."

"지금 저의 상태가 어떤지 알고 싶은데 괜찮을까요?"

"상태?"

"네. 당신이 알아낼 수 있는 모든 것을 제게 알려주세요."

그녀의 말에 잠시 그녀의 얼굴을 바라보며 뜸을 들인 유정상이 곧 고개를 끄덕였다.

"알았어."

그렇게 말하고는 머리에 꽂혀 있는 커서를 뽑았다.

그리고는 그녀의 몸에 커서를 가져갔다.


[이름: 옥타비아 모네(국적-미국)]

[직업: 심안의 주술사]

[레벨: 72]

[공격력: 1050]

[방어력: 2120]

[생명력: 2800/4300]

[힘: 150]

[민첩: 120]

[체력: 150]

[지능: 13]

[특수스킬: 예지능력(불안정)]

[심안의 마나력: 1200/8000]

[신체 상태가 불안정하고, 특히 체력과 심력이 부족한 상황. 치료가 필요하다.]


눈에 보이는 것을 대충 살펴보다 쓸데없는 것은 생략하고 일단 생명력과 심안의 마나력이라는 것을 이야기했다.

"생명력이 많이 부족한 상태군. 몸이 좋지 않은 것 같아. 그리고 흐음, 심안의 마나력? 이건 네 원래 능력에 비해 사용할 수 있는 마나가 많이 부족해 보여."

정확한 수치를 이야기하기가 조금 이상해서 그냥 대략적으로만 설명했음에도 옥타비아는 굉장히 만족한 얼굴이었다. 하지만 한편으로는 결과 때문에 씁쓸한 표정이다.

"역시 당신에게도 그렇게 보이는 군요."

유정상에게 보인 건 그저 확인 차원에서 물어봤던 것 같았다.

"내가 조금 손 봐 줄 테니까 잠시만 기다려 봐."

"네?"

"그런 결과를 기대하고 온 거 아니었어?"

"아뇨. 그건 제 심안에 보이지 않았기 때문에 몰랐어요."

"어쨌건. 잠시만 소파에 앉아 있어."

그렇게 말한 유정상이 곧바로 인벤토리를 열어 클린볼과 생명 포션, 그리고 마나 포션을 꺼내 차례대로 그녀에게 떨어뜨렸다. 최근에 얻은 상급의 아이템들이기는 하지만 이런 고위급 각성자에게 사용해본 적이 없어서 비어 있는 6,800의 마나를 모두 회복할 수 있을지는 장담하기 어려웠다.

포션들이 적용되자 이내 그녀의 몸에서 푸른빛이 뻗어나가기 시작하더니 그녀의 몸 주위로 나쁜 기운이 스멀스멀 피어 올라와서 공기 중에 흩어져 버린다.

그리고 다시 커서를 가져가 그녀의 상태를 확인하자 다행히 생명력과 심안의 마나력이 완전 회복이 되어 있었다.

"괴, 굉장해요. 이런 느낌이라니⋯⋯."

"알고 찾아온 줄 알았는데."

"당신을 찾아가야 한다는 사실과 불안한 부분을 확인해봐야 한다는 것은 느끼고 있었지만 당신의 행동까지 그렇게 구체적으로 예측하기는 힘들어요."

"어젠 잘만 예측하더니."

"어젠 특별히 많은 마나를 사용한 탓도 있었어요."

결국 유정상 때문에 무리를 했다는 이야기다. 그렇게 생각하니 괜히 미안해진다.

"그래, 당신의 부탁에 대한 결과는 만족하는 거야?"

"만족 정도가 아니에요. 당신의 능력이 비범하지 않다는 것 정도는 알고 있었지만 이 정도일 거라고는 상상도 못했어요. 사실, 개인적인 친분이 있는 러시아의 2급 각성자 중 힐링 능력자에게 치료를 부탁해 본 적도 있었지만, 몸의 상태가 조금 나아진 것 말고는 달라지지 않았었어요. 그나마도 보름 후엔 본래의 몸 상태로 돌아가 버렸죠. 하지만 심안의 기운이 이렇게 깨끗해진 건 각성 후 정말 처음이에요."

꽤나 기분이 좋았는지 제법 많은 말을 쏟아내는 옥타비아였다.

그런 그녀가 잔뜩 상기된 얼굴로 이야기하고 있는 모습을 잠시 바라보다 유정상이 입을 열었다.

"하지만 이런 방법도 근본적인 해결책은 되지 않지."

"아니에요. 이정도면 충분히 만족해요."

"아니야. 가만."

그리고는 다시 인벤토리를 뒤지기 시작했다.

그동안 이런저런 잡템들을 쌓아두기만 하느라 인벤토리가 잡다한 것들로 가득 차 있다. 물론 인벤토리의 크기가 워낙 컸던 탓에 아직 여유가 많기는 했지만.

그렇게 이리저리 뒤적거리다 적당한 아이템을 두 개를 꺼냈다.

팔아봐야 얼마 되지도 않고 쓰기에도 애매한 계륵 같은 아이템.

보석이 달려있는 반지였다.

하나는 붉은색이었고, 하나는 푸른색이다.

그것을 옥타비아에게 내밀었다.

"자, 받아."

유정상이 내민 보석을 받아든 옥타비아가 물었다.

"이게 뭐죠?"

"일단 껴봐."

그녀가 두 개의 반지를 오른손에 중지와 식지에 끼웠다.

그러자 옥타비아의 입이 서서히 벌어진다.

"이, 이건?"

"마나 회복 반지와 생명력 회복 반지야."

"어, 어떻게 이런 물건이……?"

유정상에겐 이미 마나 회복 능력이 존재했고, 생명력이야 주코도 있는데다가 가지고 있는 포션도 넘쳐나는 상황이라 이런 종류의 아이템은 크게 필요치 않았다.

그리고 이런 하급의 회복 반지야 심심찮게 구할 수 있는 것이라 더 그랬다.

하지만 옥타비아의 입장에서는 그야말로 오랜 시간동안 앓던 근심을 날려줄 수 있는 중요한 물건임에는 틀림없었다. 실제로 현실에서 이런 아이템을 구한다는 건 거의 불가능에 가까울 정도니 그 귀함이야 말할 필요도 없는 것이다.

"그 정도면 네 문제는 어느 정도 해결된 거 맞겠지?"

"이거, 정말 저 주셔도 괜찮은가요?"

옥타비아의 목소리가 떨리고 있었다.

그동안 자신의 능력이 목숨을 갉아먹는다는 압박감에 평생을 살아왔다. 나름 각성자로서 최고의 위치에까지 올랐지만 서서히 죽어가는 몸을 어떻게 해볼 수는 없었다.

첨단 시설과 최고의 의사들이 있는 병원을 찾기도 해봤고, 힐링 관련 각성자를 만나기도 했으며, 던전에서 나온 물건들을 사용해보기도 했지만 결국 아무런 진전은 없었다.

그런데 블랙로브라는 동양에서 온 이 사람은 자신의 문제를 너무도 가볍게 해결해 버렸다.

"뭐, 나도 이렇게 신세를 졌으니까."

"아뇨. 이런 걸 신세라고 말씀하시면 제가 부끄러운 거죠."

"하지만 이번 일에 대해선 다른 사람들에게는 비밀로 해줬으면 좋겠어. 나도 귀찮은 건 싫거든."

"당신에 대한 건 이미 모든 것을 비밀로 해두고 있어요."

"그럼 내가 지금 이곳에 있다는 사실도?"

"당연하죠."

"마음에 드는군."

"아참, 그리고 차 안에 당신이 필요할 만한 물건을 넣어두었으니까 이곳 던전에 들어가실 때 사용하시면 될 거에요."

"……?"

❖ ❖ ❖

모처럼 편안한 하루를 보내고 다음날이 되자 유정상은 미국의 던전을 공략하기로 마음먹었다.

어제만 해도 그냥 하루 정도 푹 쉬고 돌아갈까 생각했었는데 생각이 바뀐 것이다.

옥타비아라는 여자는 이런 유정상의 변심을 꿰뚫어 보고

있었던 것일까? 저녁에 이곳 던전에 갈 거라던 말이 떠올랐다.

'어제 그 말을 듣지 않았어도 이곳 던전에 가려는 마음을 먹었을까?'

하지만 곧 그런 생각은 머릿속에서 지워 버렸다.

그리고 다시 던전 공략에 대한 생각만으로 머릿속이 가득 차 버렸다.

미국 땅이 워낙 넓은 관계로 먼 곳까지 가는 건 무리였으니 가장 가까운 던전부터 들러보기로 마음먹고 스마트폰을 켜고는 앱을 실행시켜 미국 뉴욕 인근의 던전들을 찾아보았다.

뉴욕 롱비치에 2년 전 생성된 7성급 던전 '토네이도'

그동안 미국의 최상급 길드 세 곳이 몇 번 클리어한 곳으로 주로 언데드 계열의 몬스터들이 출몰하는 곳이었다.

특히 작년에 웨이브륨 광산이 발견돼 '팬텀 스피드' 라는 길드에게 대박을 안겨준 곳이기도 했다.

하지만 최근 던전에 몬스터들이 대규모로 생성되어 사고가 잦은 곳이라는 설명도 보인다.

그 때문에 최상급 길드들도 이곳을 꺼린다고 한다.

그런 내용이야 어찌되었건 7성급 임에도 이런 세세한 정보까지 있는걸 보면 확실히 한국보다는 개방적이다.

"여기로 해볼까?"

＋ ❖ ＋

캐딜락 CT6를 타고 뉴욕 롱비치로 향했다.

인근에 도착하자 확실히 던전이 생성된 곳답게 주변이 황량하기만 하다.

과거 사람들이 거주하던 건물들이 보이긴 하지만 던전이 생겨나면서 던전 에너지로 인해 반쯤은 폐허가 된 곳이었다.

바닷가 옆으로 나있는 길로 이동해가자 던전이라는 푯말과 함께 일반인들은 특히 조심하라는 것을 알리는 경고표시도 되어있다.

그리고 조금 더 이동하자 멀리 사무실과 사람들이 보인다.

이곳을 관리하는 사무실일 것이다.

유정상은 곧바로 블랙로브를 인벤토리에서 커서로 꺼내 몸에 드래그하자 곧바로 복장이 교체가 된다.

던전에 들어가면 자동으로 바뀌는 설정이 있기는 했지만 밖에서는 필요하면 이런 식으로 옷을 교체했다.

그리고 천천히 그곳으로 이동해가자 몇 명의 사람들이 모여 있는 장소가 보인다.

그리 외곽지역이 아님에도 사람들이 얼마 없는 걸 보면 확실히 길드들의 관심이 적은 것 같았다. 아무래도 등급도 높아 클리어 할 수 있는 길드가 애초에 많지 않았던 것도 문제라면 문제였다.

근처까지 다가가자 사람들이 유정상 쪽으로 얼핏 시선을 돌린다. 하지만 겨우 한사람이라는 것을 보고는 신경을 끄고 다시 계속하던 수다에 빠졌다.

그러다가 곧 뭔가 이상한 것을 깨달은 것처럼 유정상을 향해 고개를 잽싸게 돌렸다.

"브, 블랙로브!"

그의 반응에 주변에 있던 같은 복장의 던전 사무실 직원들이 화들짝 놀라더니 동시에 고개를 돌린다.

"오, 마이 갓!"

우습게도 이건 해석이 애매한 것인지 아니면 이것 자체로 내포한 느낌 때문인지 원어 그대로 들린다.

그 때문에 유정상은 자신도 모르게 피식 웃고 말았다.

하지만 그런 유정상과 달리 사무실 직원들은 잔뜩 긴장한 상태로 유정상을 바라보고 있었다.

그 중 한 명은 근처에 나타날지 모르는 저급 몬스터 사냥용인지 아니면 난동을 부리는 하급헌터를 막기 위한 것인지 몰라도 제법 화력이 좋은 샷건을 들고 있는 것도 보인다.

그런 모습을 보고도 유정상이 전혀 멈추지 않고 그들에게 당당히 걸어가자 한 명이 쭈뼛거리며 앞으로 나오더니 손을 들어 제지했다.

"멈추시오."

그 말에 유정상이 걸음을 멈추었다.

하지만 블랙로브라는 사실 때문에 긴장한 탓인지 그가 무슨 말을 해야 할지 몰라서 잠시 머뭇거리자 유정상이 먼저 입을 열었다.

"여긴 입장비가 얼마지?"

순간 유정상의 질문에 당황해 어버버 거리는 사이 뒤에 있던 사내가 얼른 나서며 이야기 했다.

"미안하지만 이곳은 국가에서 관리하고 있는 7성급 던전입니다. 입장하시려면 미리 북미던전 관리협회의 허가를 받으셔야 합니다."

"그런 건 없는데?"

"그럼 입장은 불가입니다."

"흐음."

잠시 고민에 빠진 유정상.

그냥 몰래 들어갈 걸 잘못했나 싶은 생각도 든다.

그때 한 명이 뭔가 주저하는가 싶더니 유정상에게 물었다.

"혹시, 정말로 블랙로브입니까?"

그 말에 고개를 끄덕이자 다시 한 번 놀라는 사내.

그 모습을 보던 유정상이 어제 아침에 옥타비아에게 들었던 말이 떠올라 인벤토리를 열었다.

그녀가 차 안에 두었다는 물건은 황금패로 중앙에 독수리의 문양이 새겨져 있는 물건이었다. 하지만 정체가 뭔지 몰라 그냥 인벤토리에 넣어두었던 것이다.

그러나 옥타비아가 아무런 이유 없이 이런 물건을 넣어

두었을 리 없다는 생각이 들었다.

그래서 혹시나 하는 생각에 유정상은 얼른 그것을 꺼내 그들에게 내밀어 보았다.

그러자 그들은 황금패를 보고는 꽤나 놀라더니 일사불란한 움직임으로 길을 비켜준다.

"죄, 죄송합니다."

옥타비아가 준 황금패가 꽤나 효과가 좋다는 것을 확인하고는 슬쩍 웃으며 곧바로 던전이 있는 방향으로 걸어갔다.

그러자 유정상의 뒷모습을 바라보던 그들이 수군거렸다.

"제길, 하이탑 멤버였던 거야? 하긴, 저런 실력자가 동양의 작은 나라 따위에서만 활동할 리가 없지."

"그러게."

황금독수리 문양으로 신분을 증명하는 하이탑은 북미의 최고 각성자 클럽으로 3급 이상만 회원이 되는 집단이다. 물론 북미 각성자만 회원인 것은 아니고, 세계에서 가장 영향력 있는 각성자들도 일종의 명예회원으로 활동하는 경우가 많았는데 그들이 보기엔 블랙로브도 그런 부류인 것 같았다.

✛　❈　✛

던전에 입장하자 바위산들이 간혹 보이는 붉은 흙의 사막이 눈앞에 펼쳐져 있다.

"삐이이이!"

"어서 와라. 주인."

유정상을 반기는 백정과 주코.

"여긴 언데드 출몰 지역이군. 어쩐지 냄새가 친근하다."

주코가 떠드는 사이 유정상의 앞에 메시지가 떴다.


[이벤트 미션]

[언데드 사냥 포인트 1,500점을 달성하라.]

[레벨에 따라 포인트가 다른 언데드를 처치해 1,500점 이상 달성하면 미션이 완료된다.]

[미션의 거부가 가능하다.]

[완료시 보상은 그때그때 다르다.]


"이벤트 미션? 거기다 보상은 그때그때 달라? 뭐, 이런 갑질이 다 있어?"

불만 섞인 주코가 커서를 바라보며 투덜거린다. 유정상도 조금 신기한 표정으로 미션을 확인했다.

"처음 보는 미션이군."

"커서 자식. 미션이 없으니까 이제 이런 수작까지 부리네."

주코의 설레발을 보며 피식 웃던 유정상이 미션을 다시 확인했다. 내용에서 미션을 거부할 수 있다고 하니 어쩐지 살짝 고민이 되었다.

"거부해라. 주인."

"시끄러."

"이런 이상한 거래에 자꾸 응하면 버릇 나빠진다."

주코는 커서에게 묘한 라이벌 의식을 느끼는 것처럼 보여 조금 어이가 없었다.

"흐음."

유정상이 잠시 고민에 빠졌다.

이벤트 미션이라는 것을 처음 받았으니 고민이 되는 것도 사실이었다.

일단 정확한 정보가 부족하다.

언데드의 포인트가 정확이 얼마인지 알려주지 않았기 때문에 잡아야하는 숫자가 얼마나 되는지도 알 수 없고, 거기다 보상도 모른다.

한마디로 복불복.

하지만 이제까지 늘 받았던 미션이라 그런지 별로 거부하고 싶은 생각은 없었다.

"좋아."

[미션을 받아들였습니다.]
[포인트 스코어가 생성됩니다.]

눈앞 디스플레이에 0점이라고 노란색의 글씨가 보인다.

그것을 확인하고는 일단 커서가 가리키는 방향을 향해 걸었다.

일단 보스를 잡아 던전 클리어도 좋지만 미션을 받아들였으니 사냥을 열심히 해야 할 것 같았다. 운이 좋아 1,500점짜리 한 마리로 미션이 마무리 되었으면 좋겠지만 어떻게 될지는 알 수 없는 일이다.

그런 유정상의 앞에 검은 갑옷을 입은 스켈레톤 나이트 10기가 등장했다.

"설마 저놈들 1점짜리는 아니겠지?"

순간 조금 걱정이 되는 유정상이었다. 만약 그것이 사실이라면 저런 놈들 1,500마리나 잡아야 한다는 뜻이니 완전최악의 노가다가 될 것이 뻔했기 때문이었다.

잠시 동안 그런 걱정을 한 유정상이 곧바로 녀석들에게 폭격펀치를 시전했다.

콰가가가가가.

순식간에 주변이 초토화되면서 놈들이 박살이 나 버렸다.

이미 스켈레톤 나이트 따위로 유정상을 어쩔 수는 없는 상황이었으니 당연한 일이었다. 그런데 전혀 예상하지 못한 결과가 눈앞에 나타났다.

[사냥 포인트 1,000점이 생성되었습니다.]

"엑? 뭐야? 그럼 한 마리에 100점이었냐?"

뭔가 너무도 허무한 결과에 힘이 빠져버리는 기분이었다.

유정상이 그런 생각을 하는 사이 다시 몇 마리의 스켈레톤 나이트가 등장했지만 가볍게 폭격펀치로 마무리 지어버리자 목표점수를 초과 달성, 이내 1,700점이 되어 버렸다.

[사냥 포인트 1,700점을 달성하셨습니다.]
[미션 완료.]
[50만 골드와 군주 포인트 100점 중 하나를 고르세요.]

"주려면 둘 다 주던가, 하나만 고르라는 건 또 무슨 심보야?"

조금 어이없어 하다 별 고민 없이 곧 군주 포인트를 골랐다. 골드도 좋긴 하지만 골드보다 군주 포인트가 훨씬 소중하다고 여겼기 때문이다.

[군주 포인트 100점을 얻어서 총 2,580점이 됩니다.]

조금 허무한 미션이기는 했지만 보상은 두둑하다.
그런데 곧바로 이어서 다시 미션이 뜬다.

[연계 이벤트 미션]
[언데드 사냥 포인트(기존 점수 합산) 10,000점을 달성하라.]
[레벨에 따라 포인트가 다른 언데드를 처치해 10,000점

이상 달성하면 미션이 완료된다.]

[미션은 거부가 가능하다.]

[완료시 보상은 그때그때 다르다.]


어쩐지 거부할 수 없는 미션의 함정에 빠져버리는 기분.

그러나 그런 느낌을 받으면서도 두둑한 보상 때문에 도저히 거부하기가 힘들다.

"좋아. 받아들이지."

[미션을 받아들였습니다.]

[포인트 스코어가 생성됩니다.]

[현재 총 포인트는 1,700점입니다.]


연계미션이다 보니 새롭게 0점부터 시작하는 게 아니라 기존 점수와 합산해서 계산하는 방식인 것 같았다.

"주인, 괜히 귀찮은 짓 하는 거 아닐까?"

"네 주둥이가 점점 귀찮아지는 기분이 드는 건 왜일까?"

"읍."

그러는 사이 다시 나타난 언데드.

이번엔 스켈레톤 나이트 50여 마리가 한꺼번에 등장했다.

직접 상대해도 상관없다고 생각했지만, 귀찮다는 생각에 유정상은 드루이드 100명을 소환했다.

그리고 곧바로 시작되는 전투.

하지만 전투라기보다는 일방적인 학살에 가까운 분위기다.

2분도 되지 않아 모두 뼈다귀 조각들로 변해버린 후 포인트를 확인했다.

6,700점.

혹시나 소환수가 사냥한 놈들은 포인트가 인정되지 않을까봐 걱정했는데 그건 또 아닌 것 같았다.

뭔가 너무 쉽게 흘러가는 미션이 아닌가싶은 생각이 들기는 했지만 상관없었다.

그리고 곧이어 아까보다 조금 더 많은 수의 스켈레톤 나이트들이 등장했다. 하지만 이번에도 별 무리 없이 금방 정리해 버렸다.

[사냥 포인트 12,300점을 달성하셨습니다.]

[미션 완료.]

[100만 골드와 군주 포인트 200점, 그리고 마계의 하급 귀족 로브 중 하나를 고르세요.]

"응? 하급귀족 로브?"

역시 불친절한 시스템답게 기능에 대한 별다른 설명이 없다.

그래서 군주 포인트를 고를까 생각하는데 갑자기 주코가 버럭 소리치며 오른손을 번쩍 들어올린다.

"주인!"

"깜짝이야!"

"로브 저거 골라! 그리고 나 줘!"

"뭐?"

"저거, 나 갖고 싶었어."

"크기가 안 맞잖아."

"크기는 자동으로 조정되니까 상관없어."

주코의 눈이 초롱초롱해졌다.

뭔가 알 수 없는 열망이 눈에서 느껴질 정도다.

분위기로 봐서는 어쩐지 주코에게 필요한 물건이 될지도 모르겠다는 생각을 했지만 유정상이 순순히 줄 인간이 아니다.

"군주 포인트가 더 중요해."

"주인. 제바알."

"크음."

"주인님, 평생 모시고 싶었습니다."

녀석이 한 번도 하지 않던 아양을 떨어대며 유정상의 어깨를 주무른다. 손도 조막만한 꼬마 녀석 주제에 손끝에 마력이라도 사용했는지 제법 시원하다.

그래서 잠시 동안 안마를 받으며 생각하다가 못이기는 척 로브를 골라서 주코에게 건넸다.

"야호!"

잽싸게 자신의 로브와 바꿔서 갈아입는 주코.

처음에 너무 커서 녀석이 로브 속에 파묻혔지만 곧 주코의 말대로 크기가 줄어들며 몸에 맞게 조절되었다. 그러자 녀석이 자신의 몸을 살피며 꽤나 만족스러운지 팔짝거린다.

"이거 예전부터 엄청 갖고 싶었던 건데, 이런 곳에서 얻을 줄은 정말 몰랐어."

덕분에 새로운 로브로 갈아입은 주코의 모습은 이전과 달리 때깔이 좋다.

전체에 은은하게 흐르는 기운과 고급스러운 느낌의 원단 때문인지 주코도 조금 귀티가 흐르는 기분이 들기도 했다.

"흐흐흐. 이걸로 방어력은 두 배 상승! 어쩐지 이 던전 마음에 든다. 주인. 저런 수상한 미션을 받아들여서 이런 대박 물건을 얻다니 역시 주인에게는 선견지명이 있나봐!"

평소답지 않게 아부까지 하는 주코였다.

그리고 커서로 확인해보니 정말 주코의 방어력이 두 배 가까이 상승해 있었다.

"이젠 죽을힘을 다해 충성하라고!"

"넵!"

조그만 녀석이 경례까지 척하며 나름 충성스런 모습까지 보여준다.

그때 다시 메시지가 떴다.


[연계 이벤트 미션]
[언데드 사냥 포인트(기존 점수 합산) 100,000점을 달성하라.]

[레벨에 따라 포인트가 다른 언데드를 처치해 100,000
점 이상 달성하면 미션이 완료된다.]

[선택미션으로 거부가 가능하다.]

[완료시 보상은 그때그때 다르다.]


점점 단위가 올라가기 시작했다.

이 정도라도 아직은 할 만한 느낌이지만 이런 식으로 계
속되면 마지막엔 어떻게 될지 짐작도 되지 않는다.

조금 불안하기는 했지만 일단 이번 미션도 받아들이기로
했다.

"좋아."


[미션을 받아들였습니다.]

[포인트 스코어가 생성됩니다.]

[현재 총 포인트는 12,300점입니다.]


미션을 받아들임과 동시에 먼 곳에서 백여 마리의 거친
움직임을 보이는 그림자들이 몰려온다.

제각각 크기를 가진 놈들로 스켈레톤 나이트를 비롯해
사이사이에 듀라한도 섞여 있다.

군주 포인트를 더 사용해 드루이드 100명을 추가로 소환
했다.

그러자 곧 시작된 전투.

놈들 사이에 듀라한이 섞여 있어서인지 꽤나 강력해진 집단이었다. 그러나 소환수들이 숫자에서도 압도하는데다가 레벨도 월등한 탓에 오래 걸리지 않아 모두 전멸시킬 수 있었다.

거기다 주술사형 드루이드들이 섞여 있으니 그 버프를 받은 전사형 드루이드들이 삽시간에 쓸어버린 것이다.

그래도 듀라한 정도면 꽤나 강한 놈이라 오래 버틸 줄 알았던 유정상은 새삼 자신의 소환수들이 얼마나 강해져 있는지 실감했다.

30,300점.

싸우는 도중 확인해보니 듀라한의 사냥 포인트는 500점이었고, 놈들 사이에 20마리가 포함되어 있었던 것이다.

그리고 곧이어 다시 나타난 언데드 군단.

이번에도 100여 마리가 나타났는데 듀라한과 스켈레톤 나이트의 비율이 대략 50대 50정도다.

물론 그럼에도 여전히 압도적인 소환수들의 공세로 순식간에 평정.

60,300점.

다음번에 100% 듀라한만으로 이루어진 언데드들이 나타났고, 이번에도 드루이드들은 그리 어렵지 않게 전멸시켜 버렸다.

거침없는 소환수들의 기세에 몬스터들이 제대로 버티지도 못한다.

110,300점.

[사냥 포인트 110,300점을 달성하셨습니다.]

[미션 완료.]

[500만 골드와 군주 포인트 1,000점, 그리고 펫 전용 갑옷이 생성됩니다. 이 중 하나를 고르세요.]


"삐이이이."

이번에 백정이 유정상의 앞에서 애교를 부린다. 표현하지는 않았지만 주코가 로브를 얻고 강해지자 부러웠던 모양이었다.

"알았어."

"엇, 너무 쉽게 허락하는 거 아니야?"

"시끄러."

"치사하다. 난 충성이니 뭐니, 막 그렇게 말했는데 백정은 저따위 애교 한 방에 OK라니."

"그 로브 아무래도 돌려……."

"충성! 목숨을 바쳐 충성을 다하겠습니다!"

경례까지 붙이며 소리치는 주코를 잠시 어이없는 얼굴로 바라보던 유정상이 펫 전용 갑옷을 선택했다.

그리고 그것을 백정에게 드래그 시키자 백정의 몸에 하얀 비늘형의 금속갑옷이 생성되었다.

이것도 자동으로 몸의 크기에 맞춰지는 기능이 있는지 처음엔 조금 큰 것 같더니 곧 몸에 딱 맞게 변화되었다.

백정의 방어력을 확인해보니 이번에도 대략 두 배 정도

수치가 올라 있었다.

물론 군주 포인트 1,000점이 욕심나기는 했지만, 두 녀석들의 존재는 그에게 그만큼 귀중했으니 당연한 결정이었다.

[연계 이벤트 미션]
[언데드 사냥 포인트(기존 점수 합산) 1,000,000점을 달성하라.]
[레벨에 따라 포인트가 다른 언데드를 처치해 1,000,000점 이상 달성하면 미션이 완료된다.]
[선택미션으로 거부가 가능하다.]
[완료시 보상은 그때그때 다르다.]

이제는 슬슬 긴장을 해야 할 숫자였다.

이제까지는 그럭저럭 편하게 상대할 수 있는 수준이었지만 지금부터는 완전 다를 것이다.

하지만 그렇다고 거부하기에는 그 보상이 너무 달콤했다.

"하겠다."

[미션을 받아들였습니다.]
[포인트 스코어가 생성됩니다.]
[현재 총 포인트는 110,300점입니다.]

메시지가 사라지고 나자 곧이어 다시 언데드 집단이 나타났다.

이번에는 듀라한의 무리 속에 검은 갑옷의 강력한 기세를 뿌리는 기사들이 보인다.

투구속의 붉은 눈을 번뜩이는 암흑의 기사.

데스나이트.

데스나이트를 커서로 확인해보니 한 놈 당 2,000점이다. 그런 놈이 10%다.

하지만 아직 드루이드를 추가하기엔 이르다 판단하고 대신 백정과 주코를 싸움에 투입시켰다.

전투가 시작되자 과연 데스나이트의 전투력은 듀라한과는 레벨 자체가 다른 느낌이었다. 제법 강하게 키운 드루이드와 대등한 싸움을 펼칠 정도였다. 하지만 확실히 숫자에서도 우위를 보이는데다가 주술사형 드루이드에 주코, 백정까지 끼어 있으니 이들 역시도 정리되는 데 오랜 시간이 걸리지는 않았다.

175,300점.

다음에 등장한 언데드들은 100% 데스나이트로 이루어져 있었다.

그럼에도 쉽게 사냥해 버린다.

375,300점.

200여 기의 데스나이트가 또 등장.

그들까지 마무리 짓자 총 포인트는 775,300점이 되었다.

그런데 다시 등장한 적은 데스나이트 200기에 마계 흑마술사들이 10마리가 추가되었다.

이정도 놈들이라면 최상급 길드가 사냥을 꺼린다는 말도 어느 정도는 이해가 갔다.

놈들의 사냥 포인트는 3,000점.

200기의 데스나이트를 상대하면서 소환수들이 조금 버거워 하는 기색을 느꼈기에 유정상은 드루이드들을 다시 100명 더 추가했다.

소환수 302대 언데드 210.

하지만 과연 마법 능력을 가진 언데드가 추가되니 숫자를 늘렸음에도 조금 전의 싸움처럼 쉽게 마무리되지는 않았다. 적의 마법 때문에 전투상황이 훨씬 복잡하게 흘러가는 것이다.

그러나 백정과 주코가 끼어 있으니 결국 어려운 상대는 아니었다.

조금 시간이 걸리기는 했지만 놈들을 마무리하자 드디어 100만점을 넘었다.


[사냥 포인트 1,205,300점을 달성하셨습니다.]

[미션 완료.]

[1,000만 골드와 군주 포인트 3,000점, 그리고 천사의 부츠가 생성됩니다. 이 중 하나를 고르세요.]

"흐음."

심각한 표정을 지은 유정상.

군주 포인트와 천사의 부츠에서 조금 갈등이 생긴 것이다.

고민을 계속 하던 유정상이 일단 천사의 부츠에 욕심이 갔지만 현실적으로 군주 포인트 3,000점이면 지금 보유하고 있는 군주 포인트보다 더 많았으니 그것을 무시하기는 힘들었다.

물론 지금 정도의 미션에서 주어지는 아이템이라면 엄청난 놈일 가능성이 있지만 결국 나중을 생각해보면 군주 포인트가 더 유용할 것 같아서 결국 군주 포인트를 선택했다.

[현재 군주 포인트는 총 5,580점이며 현재 남은 포인트는 3,780점입니다.]

드루이드 300명을 소환한 1,800점을 빼고 남은 점수였다.

뭔가 엄청난 아이템을 얻지 못한 것이 조금 아쉽기는 했지만 군주 포인트가 늘어나자 그것도 곧 잊어 버렸다.

그런데 다시 메시지가 떴다.

[사냥 포인트를 100만점 이상 돌파해 새로운 미션장소로 이동하실 수 있는 자격이 주어졌습니다.]

[이동하시겠습니까?]

뭔가 알 수 없는 미궁 속으로 빨려 들어가는 기분.

하지만 이제껏 선택 미션을 해결해 나가며 얻은 만족감은 그것을 거부할 수 없게 만들었다.

"좋아."

[소환수들은 다시 군주 포인트로 환원됩니다.]
[이로써 군주 포인트는 5,520점입니다.]

드루이드 10명을 잃었기 때문에 60점이 차감되었다.

이어 들리는 메시지.

[장소를 이동합니다.]

주변의 장소가 삽시간에 변해 버렸다. 자신의 몸이 어디론가 이동했다기보다는 그냥 주변의 환경이 슥 하는 느낌으로 변해 버린 것 같았다.

새로운 장소는 거대한 동굴 속이었다.

높은 천장과 주변 바위들 틈에 끼여 있는 발광석 때문에 동굴 속의 풍경이 꽤나 자세히 보인다.

커서가 오른쪽을 가리키고 있자 유정상도 바로 그곳으로 방향을 틀었다. 그리고 나침반처럼 커서를 확인하며 걷기 시작했다.

발광석 때문에 동굴 속이 잘 보인다고는 해도 그림자

부분의 사각지대는 존재했고, 그런 곳에서 느껴지는 괴기
스러운 기운에 살짝 눈살을 찌푸렸다.

"뭔가 으스스하다. 주인."

주코가 주변을 힐끔 거리며 움츠린 채로 호들갑을 떤다.

"마계 출신 녀석이 왜 그렇게 겁이 많아?"

"마족도 무서운 건 무서운 거다."

유정상이 주코와 떠드는 동안 메시지가 떴다.


[이벤트 미션2]

[새로운 단계의 미션입니다.]

[상급 언데드 사냥 포인트 3,000점을 달성하라.]

[레벨에 따라 포인트가 다른 언데드를 처치해 3,000점
이상 달성하면 미션이 완료된다.]

[미션의 거부가 가능하다.]

[완료시 보상은 그때그때 다르다.]


"상급 언데드?"

"아까 녀석들도 그리 하급의 언데드는 아니었다고."

"어쨌든 아까보다는 더 강한 놈들이 나온다는 뜻이겠지."

"주인. 여기서 그만두는 게 어떨까?"

주코가 불안한지 유정상에게 말했지만 들은 채도 않고
곧바로 메시지에 답했다.

"하겠다."

[미션을 받아들였습니다.]

[포인트 스코어가 생성됩니다.]

[현재 총 포인트는 0점입니다.]


"으아, 진짜 너무하네. 듣는 척이라도 좀 해라."

주코의 말을 씹으며 미션을 받아들이자 주코가 버럭 했지만 유정상은 커서가 가리키는 방향으로 이동하기 시작했다.

"너무하네. 어떻게……."

"로브 뺏기기 싫으면 닥치지?"

"넵."

그렇게 떠들며 걸어가는데 동굴 속에서 검은 그림자가 불쑥 모습을 드러냈고 그 형체가 드러났다.

거대한 해골의 얼굴을 가진 5미터 급의 전갈형 언데드 '스켈피온'이 모습을 드러낸 것이다.

갑각류인 전갈의 모양을 하고 있는 주제에 뼈다귀 형태의 언데드인 특이한 놈이었다.

"크륵. 크큭."

커서로 확인해보니 레벨이 63이다.

이정도면 현재 유정상이 보유하고 있는 네피림에 버금갈 정도다. 사실 네피림도 처음 소환수가 되었을 땐 레벨이 30에도 미치지 못할 정도였지만 최근 계속된 소환 덕분에 경험치가 많이 쌓였고, 현재 평균 레벨은 65 정도였다.

네피림은 종족 특성상 10명 이상은 소환할 수 없었기 때문에 그나마 다른 소환수에 비해 레벨업이 빠른 것이다.

현재 두 번째로 강한 녀석이 자이언트 웜으로 평균레벨은 63.

소환이 가능한 숫자에는 제한이 없다는 장점이 있으나 크기와 모양 때문에 움직임이 제한적이고 머리가 나빠서 단순한 명령만 이해한다는 단점이 있다.

그리고 주로 자주 소환되는 드루이드의 경우는 좀 편차가 컸는데 평균 레벨은 50정도에 가장 강한 녀석이 65레벨이다. 하지만 주술사형 드루이드가 포함되어 있어 더 효율적으로 싸울 수 있는데다가 실력에 비해 군주 포인트도 가장 적게 소모해서 즐겨 사용했다.

일단 동굴이라는 제한적인 공간이라는 점을 생각하면 드루이드가 가장 좋은 선택 같아 보였지만 가장 덩치가 큰 자이언트 웜의 경우엔 땅속으로 이동이 가능하다는 장점도 있다.

이러저러한 점을 고려해 일단 자이언트 웜 5마리, 드루이드는 20명 정도를 소환했다. 역시나 전사형 드루이드 사이에 3명의 주술사형 드루이드들이 생겨났다.

소환수들이 강렬한 기세로 스켈피온을 향해 달려들었다.

그리고 당연하게도 스켈피온은 1분을 채 버티지 못하고 쓰러져 버렸다.

쿵.

녀석이 쓰러지자 곧바로 상급 언데드 사냥 점수가 나타난다.

1,000점.

유정상이 점수를 확인하며 고개를 끄덕인다.

"1단계는 총 3마리면 된다는 뜻이군."

그와 동시에 놈의 몸 주위에 떨어진 각종 잡템과 골드바를 커서로 챙기는 사이 곧바로 다시 나타난 두 마리의 스켈피온.

끝으로 스켈피온 뼈다귀를 인벤토리에 담는 동안 소환수들이 녀석들에게 달려들었다.

"끼에에에에에!"

털썩.

두 마리라고 해봐야 압도적 전력차이로 얼마 못 버티기는 매한가지였다.

이번에도 점수가 뜬다.

3,000점.


[상급 언데드 사냥 포인트 3,000점을 달성하셨습니다.]
[미션 완료.]
[보스 임명 포인트 1점이 생성됩니다.]


"보스 임명 포인트는 또 뭐야?"

유정상의 디스플레이에 군주 포인트와 함께 보스 임명

포인트가 생성되었다.

　내용을 확인해 보았다.


　[보스 임명 포인트]

　[소환수들 가운데 한 기를 지정하여 종족의 보스로 승격시키는 포인트다.]

　[포인트 분배에 따라 그 능력치가 달라진다.]

　[단, 한 번 임명된 보스는 바꿀 수 없으며 이후 얻게 될 포인트는 보스에게만 부여할 수 있다.]

　[종족이 다른 보스가 둘 이상 함께 소환될 경우 포인트가 높거나 혹은 먼저 보스로 지정된 존재가 리더가 된다.]


　"소환수에서 보스를 선택할 수 있다는 뜻이군."

　뭔가 재미있을 것 같다는 생각에 일단 고민에 빠졌다.

　일단 주로 사용하는 종족은 드루이드, 네피림, 자이언트 웜이다.

　그리고 유정상의 머리에 떠오른 가장 적절한 종족은 인간에 가까운 드루이드였다.

　아무래도 인간형이라 친숙하기도 했지만, 일단 소환수들의 리더 역을 맡기에 드루이드가 가장 적합하다 생각한 것이다.

　그리고 드루이드 중에서 가장 강한 녀석이 이미 소환 되어 있었기 때문에 유정상의 결정은 오래 걸리지 않았다.

레벨 65로 드루이드들 중에서 가장 강하며 흑표범으로 변신이 가능한 근육질의 녀석이었다.

보스 임명 포인트로 보스의 권한을 부여하자 놈의 몸 주위에 붉은 빛이 감돌더니 체형이 약간 변했다. 조금 더 키가 커졌고, 다른 녀석들에 비해 얼굴도 뚜렷한 느낌이었다.

일단 레벨도 82가 되어 소환수들 중 가장 강한 녀석이 되어 버렸다.

[보스로 지정된 소환수에게 이름을 정해 주세요.]

"이름? 하긴, 보스정도 되었는데 이름이 없으면 말이 안 되겠지."

잠시의 고민도 없이 금방 이야기했다.

"드루킹!"

드루이드의 왕이라는 아주 단순한 생각에 의해 탄생한 이름이었다.

[드루이드 보스의 이름을 '드루킹' 으로 정하시겠습니까?]

"그래."

[소환수 드루이드 종족의 보스 이름은 '드루킹' 으로 정해집니다.]

그 상황에 어이가 없는지 보다 못한 주코가 나서서 따졌다.

"으악! 너무 성의 없다. 주인!"

"주코를 주콩으로 바꾸기 전에 입 다물지."

"넵!"

그런데 이름이 정해진 드루이드 보스가 유정상 앞으로 다가오더니 고개를 숙인다.

"보잘 것 없는 이 몸에게 이름을 하사하시니 몸 둘 바를 모르겠습니다. 저 드루킹은 앞으로 주인님의 명령에 목숨을 바치겠습니다."

보스로 만들자마자 언어사용이 가능해진 것이 반갑기도 했지만 꽤나 예의를 갖춘 언어를 사용하니 그건 그거대로 놀라웠다.

하지만 유정상은 그런 기색을 내비추지 않고 그저 살짝 놀랐다는 듯 말했다.

"응? 말할 수 있네?"

"그렇습니다."

"그래. 좋아. 앞으로 소환수 녀석들의 기본적인 지휘는 네게 맡길 테니 잘 해봐."

"알겠습니다."

그런 모습을 보던 주코가 싱글거렸다.

"히히히."

"넌 왜 웃어?"

"부려먹을 부하가 생겼잖아."

그 말에 드루킹이 주코를 무감정한 얼굴로 바라보더니 곧 입을 열었다.

"레벨도 낮은 녀석이 주제파악도 못하는군."

"뭐야?"

사실 지금 주코의 레벨은 70이었기 때문에 드루킹에 비해 레벨이 부족한 건 사실이었다.

유정상이 드루킹의 말에 동조하며 고개를 끄덕였다.

"맞는 말이야."

"쳇!"

시크하게 한마디 하는 유정상의 팩트폭격에 주코의 주둥이가 툭 튀어나온다.


[연계 이벤트 미션]

[상급 언데드 사냥 포인트 20,000점을 달성하라.]

[레벨에 따라 포인트가 다른 언데드를 처치해 20,000점 이상 달성하면 미션이 완료된다.]

[선택미션으로 거부가 가능하다.]

[완료시 보상은 그때그때 다르다.]


유정상은 복잡하게 뜨는 설명글은 스킵하고 바로 대답했다.

깊게 생각하기에는 그 보상이 너무나 달콤했던 것이다.

"하겠다."

[미션을 받아들였습니다.]

[포인트 스코어가 생성됩니다.]

[현재 총 포인트는 3,000점입니다.]


"주인. 보스 포인트가 또 나오면 내게도 줘."

"뭐 하려고?"

"나도 보스하고 싶다."

드루킹 때문에 아무래도 기분이 상했던 모양이었다.

녀석의 기분을 알 것 같은 유정상이 주코의 말에 쿨하게
대답했다.

"좋아."

"정말? 진짜?"

의외라는 표정의 주코.

"그래."

"와아! 주인 최고다!"

"대신!"

"……?"

"너도 네 종족들을 잔뜩 꼬여서 데리고 오면 널 그 종족
의 보스로 만들어 주지."

"쳇, 어째 너무 쉽게 대답한다 했지."

불만이 가득한 표정의 주코를 뒤로 하고 커서를 따라 천
천히 이동해가자 이번에도 스켈피온이 등장했다.

이번에 등장한 스켈피온은 총 다섯 마리로 특유의 뼈다귀

부딪치는 소리와 함께 포효를 내지르며 빠르게 달려든다.

딸그락.

"캬오오오오!"

그러자 드루킹이 간단한 손짓으로 드루이드 20명과 자이언트 웜5마리를 이끌고 녀석들에게 돌격해 들어갔다.

드루킹의 지시로 조금 더 일사불란해진 소환수들은 스켈피온들을 자이언트 웜이 만든 구덩이로 몰아 빠뜨렸고, 놈들이 허우적거리는 동안 착실하게 각개격파(各個擊破)하며 별다른 피해 없이 마무리했다.

8,000점.

조금 더 진행하자 이번에는 10마리의 스켈피온이 등장했다. 그 때문에 유정상도 위험을 줄이기 위해 드루이드 20명을 추가로 생성시켰다.

그런데 싸움을 해나가면서 소환수들의 호흡이 점점 더잘 맞아갔고, 숫자가 많아진 적들을 상대로 더 효율적인 싸움을 하더니 손쉽게 압도하며 마무리지었다.

소환수들의 움직임만 봐도 드루킹의 존재감이 확실하게 느껴졌다.

18,000점.

다음 등장한 언데드 몬스터는 거인뼈다귀인 '다크 네피림'이었다.

다크 네피림은 죽은 네피림을 마족이 저주로 되살려낸 강화 언데드로, 일반 네피림에 비해 월등히 강한 놈들이었다.

하지만 40인의 드루이드들과 다섯 마리의 자이언트 웜만으로 놈을 사냥하는 데는 성공했다. 하지만 한 놈임에도 엄청난 맷집과 공격력 때문에 제법 애를 먹은 것도 사실이었다.

23,000점.

올라간 사냥 포인트를 확인하고는 다크 네피림의 사냥 포인트가 5,000점임을 알 수 있었다.

[상급 언데드 사냥 포인트 20,000점을 달성하셨습니다.]
[미션 완료.]
[아이템 '폭렬우'가 생성됩니다.]

이번에는 보스 임명 포인트가 생성되지 않았다. 그 때문에 혹시나 하며 기다리던 주코의 얼굴에 실망감이 역력했다.

애초에 유정상은 보스 임명 포인트가 생겼다고 해도 주코에게 줄 생각은 없었지만 말이다.

"아이템 확인."

[폭렬우]
[광역 공격마법으로 폭발성 에너지탄이 반경 50M내로 떨어져 내린다.]

새로운 마법스킬을 확인하는데 갑자기 메시지가 눈앞에서 번쩍 거린다.

"응? 뭔 일이야?"

[이벤트 미션 중단]
[미션발생]

예전에 한 번 겪었던 일이었다.

뭔가 급한 상황이 발생했을 때에는 진행 중이던 미션도 중단하고 새로운 미션이 뜨기도 하는 것이다.

한참 좋은 분위기였는데 갑작스런 메시지가 초를 치자 유정상이 살짝 표정을 찡그렸다.

"젠장, 할 수 없지."

그렇게 말하며 던전 탈출 워프를 했다.

이젠 던전 탈출 워프목걸이가 있어서 귀환석이 필요 없이 언제든 이렇게 던전을 빠져 나갈 수 있었다.

✠ ❖ ✠

던전을 빠져 나가는 동안 유정상은 습관적으로 은신술을 펼쳤다.

"……!"

그런데 완전히 바깥으로 나왔을 때 주변에 사람들이 잔뜩 모여 있는 게 보였다.

그들은 블랙로브가 이곳 던전에 들어갔다는 사실을 각종

인터넷 커뮤니티 사이트를 통해 전해들은 팬들과 인근에 있던 중하급의 각성자들이었다.

개중엔 던전의 에너지가 미치지 않는 곳에서 대포 같은 망원렌즈 카메라로 촬영을 준비하는 이들도 있었고, 던전에서도 사용 가능한 값비싼 카메라를 가져와 인근에서 촬영을 하고 있는 사람들도 보인다.

'부담스럽네.'

어느 정도는 사람들이 있을지도 모른다는 생각에 은신술을 펼치기는 했지만 던전에 들어간 지 겨우 반나절 만에 이만한 숫자의 사람들이 모일 거라고는 예상하지 못했다.

이미 자신이 유명하다는 것 정도는 알고 있었지만 자신의 움직임에 이렇게까지 반응할 줄을 정말 몰랐던 것이다.

'어쩔까나……'

잠시 고민하던 유정상은 곧 은신술을 풀어 버렸다.

들어갈 때도 특별히 자신을 숨기지 않았는데 나올 때 몰래 나오려고 하니까 그것도 우습게 느껴졌던 것이다.

"와아아!"

"블랙로브다!"

"이쪽을 봐줘요!"

"블랙로브 사랑해요!"

피부색이 다른 외국 여성들이 좋아라하며 열광하는 모습은 제법 신선했다.

그저 구경꾼들처럼 바라만 볼 것이라 생각했는데 저렇게

적극적으로 환영하니 뭔가 기분이 묘했다. 마치 유명 할리우드 스타라도 된 것 같은 기분이랄까.

약간 얼떨떨해 하다가 손을 슬쩍 흔들어주자 더 열광한다.

사방에서 그의 모습을 찍으려는 모습이 보이고 손을 같이 흔들며 열광하는 사람들을 보니 스타들이 이 맛에 사는 가보다 싶은 생각도 들었다. 하지만 이내 자신의 눈앞에 떠오른 던전 좌표를 확인하고는 곧바로 그 자리에서 은신 스킬을 발현시키면서 몸을 날렸다.

사람들은 블랙로브의 모습에 열광하다가 그가 갑자기 사라져 버리자 조금 허탈해했다.

하지만 곧 기쁜 표정으로 자신들이 찍은 사진을 확인하더니 대부분 자신의 SNS에 그 사실을 알리기 시작했다.

〈6권에 계속〉